KB081995

행복어 사전

소소한 행복을 살피는
당신을 위한 66개의
일상어 사전

행복어 사전

김상득 지음

오픈하우스

저자의 말

메일이나 문자 메시지를 쓸 때면 저는 항상 엎드립니다. 정말 엎드리는 것은 아니고 마지막에 제 이름을 쓴 다음 '엎드림'이라고 썼어요. '김상득 엎드림.' 언제부터 어쩌다가 '엎드림'이란 표현을 쓰기 시작했는지 정확히 알 수 없지만 시작은 아마 이러했을 것 같습니다. 원래 편지를 쓸 때 이름 뒤에 붙이는 '배상'이란 말이 있지요. 그 말을 풀어 쓰면 '엎드려 올림'이 됩니다. 처음에는 그렇게 썼겠지요. 그러다 어느 순간 다섯 글자는 너무 긴 것 같고 좀 귀찮기도 해서 '엎드림'으로 줄여 쓰지 않았을까 싶습니다. 그러고 보면 뭔가 새로운 것을 만드는 데는 상상력과 인내심이 아니라 게으름이 필요한지도 모르겠네요.

제 문자 메시지나 메일을 받은 사람들은 '엎드림'을 보고 대부분 재미있어 했습니다. 부끄럽지만 제게는 사람을 웃기고 싶은 욕망이 있어요. 글을 읽는 이가 한 번은 슬며시 웃음을 머금게 만들고 싶으니까요. 그러니까 '엎드림'은 저의 글쓰기와 닮았습니다.

글쓰기 이야기가 나왔으니 하는 말이지만 저는 한 번도 본질이나 핵심을 찌르는 글을 써본 적이 없는 것 같습니다. '같습니다'라는 표현을 자주 쓰는 것만 봐도 알 수 있지요. 본질이나 핵심을 찌르는 글에는 저런 어정쩡한 표현은 얼씬도 못하니까요. 저는 몸통에는 가까이 가지도 못하고 겨우 깃털만 살짝 건드리고 맙니다. 지엽과 말단의 글쓰기. 변죽을 울리는 글쓰기. 주변의 글쓰기. 언젠가 글쓰기와 관련해 이런 문장을 쓴 적이 있습니다.

'만일 그래도 막막함이 사라지지 않는다면 '주변시' 글쓰기(주변시는 어둠 속에서 한 사물만 오래 보고 있으면 상상하는 대로 보이기 때문에 오히려 주변을 둘러봐야 그 사물을 제대로 볼 수 있는 야간 시(視)의 특징 중 하나를 말한다.)를 떠올려 보면 어떨까? 어둠 속에서 한 물체를 집중해서 보려고 애쓸수록 오히려 더 보이지 않고, 이리저리 주변을 둘러볼 때 비로소 그 사물의 모습이 보인다. 그러니까 막막할수록 '무엇'을 쓰려고 하지 말고 '무엇의 주변'에 대해 써보는 것이 도움이 될지 모르겠다. 아무튼 그렇게 계속 쓴다. 어색해도 이상해도 일단 쓴다. 끝까지 쓴다.'

행복이란 말은 제가 감당하기 어려운 부피와 무게를 가진 말입니다. 행복에 대해서는 한 글자도 쓸 수 없었으므로 행복의 주변에 대해 썼어요. 다만 계속 썼습니다. 어색하고 이상해도 말이지요. 일단 끝까지 썼습니다. 그러니까『행복어사전』에는 행복어가 아니라 행복어의 주변어, 파생어, 연관어가 행복의 변죽을 계속 울리고 있겠네요.

참, 문자나 메일을 받은 사람들 중 몇은 즐거워하며 답장을 보내왔습니다. 엎드리지 말라고 어서 일어나라고. 자신의 이름 뒤에 이런 말을 붙이기도 했어요. '일으켜 세움' 또는 '마주 엎드림', '더 납작 엎드림.' 아마 그도 나처럼 사람을 웃기고 싶은 욕망이 강한지 이런 표현을 쓰는 사람도 있었어요. '드러누움.'

행복이 무엇인지, 행복어가 어떤 낱말들인지 저는 알 수 없습니다. 다만 제가 올리는 변죽의 글 속에서 부디 일상의 소소한 즐거움, 생활의 윤기와 생기, 더불어 사는 삶의 슬픔과 기쁨, 인생의 잔재미를 느끼신다면 저는 행복하겠습니다.

김상득 엎드림.

차례

# #
간섭

드라마 〈응답하라 1988〉에 이런 장면이 나온다. 비 오는 밤 보라 (류혜영)에게 우산을 씌워 주느라 선우(고경표)의 한쪽 어깨가 비에 젖는데, 보라는 그 모습이 자꾸 신경 쓰인다. 선우의 어깨가 신경 쓰이는 보라처럼 아내는 아들의 앞머리가 신경 쓰인다. 그런 머리 형태를 무슨 스타일이라고 부르는지 모르겠지만 아들의 앞머리는 눈썹을 덮을 정도로 내려와 있다. 아내는 아들의 헤어스타일이 답답하다. 아들이 머리를 위로 올려 넘겨서 이마를 시원하게 드러냈으면 좋겠는데 한사코 머리를 앞으로 내리니 아내는 불만이다.

"아들, 머리 좀 올리지."

아들은 자신의 머리에 대해 엄마가 간섭하는 걸 싫어한다.

"왜요? 그냥 놔두세요."

"잘 생긴 우리 아들 얼굴이 가려지니까 그렇지."

"제 얼굴이잖아요. 제 머리고."

"자꾸 신경이 쓰이니까 그렇지."

"왜요? 왜 엄마가 제 머리에 그렇게 신경을 쓰세요. 저 이제 스물

일곱이에요."

"그건 나이 하고는 상관없는 거야. 저번에 빅뱅이 TV에 나왔는데 멤버 중 한 명이 너 같은 머리를 하고 있었어."

"거 봐요. 유행하는 스타일이라니까요."

"그 말이 아니라 TV 보는 동안 내가 답답해 죽는 줄 알았어. 마음 같아서는 가위를 들고 방송국으로 달려가 직접 잘라주고 싶더라니까. 그런데 내가 그 답답함을 매일 내 집에서 내 아들 얼굴에서 느껴야 옳겠니?"

"엄마, 제 머리잖아요. 제, 머, 리."

"그래, 네 머리지. 그렇지만 너는 네 머리를 하루에 몇 번이나 보니? 열 번, 스무 번? 거울 볼 때 겨우 몇 번 보는 게 다잖아. 그렇지만 엄마는 계속 본단 말이야. 백 번, 천 번, 계속해서 네 얼굴을 본다고. 그러니 아들, 잘난 우리 아들아, 제발 머리를 좀 올려주면 안 되겠니?"

"안 돼요. 엄마가 안 보면 되잖아요."

"보이는데 어떻게 안 보니?"

"제발 제게 간섭하지 마세요. 제 일은, 제 머리 정도는 제가 알아서 할게요."

아내와 아들이 언쟁을 하는 중에도 남편은 아무 말이 없다. 남편으로 말할 것 같으면 누군가에게 간섭 받는 것도 싫어하지만 누군가를 간섭하는 것도 싫어한다. 이런 남편의 태도에 대해 아내는 그건 남편이 가족에 대한 사랑이 부족하기 때문이라고 한다. 애정이 없으니까, 관심이 없으니까, 간섭도 안 하는 거라고. 꼭 그건 아니라고 남편은 말하지만 가만히 생각해 보면 아내 말이 맞는 것 같다.

남편은 고등학교 1학년 때 선배 따라 학교 수업을 빼먹고 2박 3일쯤 대전에 간 적이 있다. 부산으로 돌아오기로 되어 있던 날 선배는 대전에 남겠다고 했다. 돌아갈지, 여기 계속 있을지 자신은 며칠 더 생각해 보고 결정하겠다고. 그러면서 선배는 편지를 건넸다. 그 편지에 '간섭'이라는 말이 들어 있었다. 간섭이란 말을 그 전에도 여러 번 보고 들었겠지만 남편은 그날 처음 그 말을 만나는 것 같았다. 편지에는 이렇게 쓰여 있었다.

'항상 네게 간섭만 하고 싶은 형이.'

그때 남편은 간섭이 사랑의 다른 이름이란 걸 알았다. 그러고 보면 아내나 아들은 남편을 무척 사랑하는 것 같다. 남편이 허름한 옷을 입거나 수염 정리를 하지 않거나 휴대전화를 오래 들여다보고 있으면 금세 간섭한다. 심지어 지나가는 예쁜 여자도 제대로 쳐다보지 못하게 한다. "아빠, 좀!"

현실의 남편, 현실의 아버지를 사랑하지만 그들에게는 이상적인 남편, 이상적인 아버지에 대한 기대가 있다. 그들이 보기에 현실의 남편, 현실의 아버지는 가능성으로 가득 찬 존재다. 얼마든지 이상적인 남편, 이상적인 아버지가 될 수 있는. 그러니까 간섭은 기대에 부응하지 못하는 현실에 대한 아쉬움과 서운함의 토로다.

이제 아내는 전략을 바꾼다. 더 이상 아들을 압박하지 않는다. 달콤한 말로 회유한다.

"아들, 이마를 드러내면 성공한대. 성공한 사람들 봐. 다들 이마를 시원하게 드러냈잖아. 그러니까 우리 아들도 머리를 좀 올려보렴."

아내의 새로운 전략이 유효한 것일까? 화부터 내던 아들의 얼굴에 모처럼 웃음이 번진다.

"아빠는 머리가 없으니까 항상 이마를 드러내놓고 다니잖아요. 그런데 왜……."

아내의 표정이 굳어진다.

"너희 아빠는 예외지. 어디에나 항상 예외는 있는 법이니까."

간섭 부담스러운 사랑

# #
거절

최 대리는 내가 회사에 들어오고 불과 일주일 만에 퇴사했다. 최 대리가 퇴사한 것이 나 때문은 아니다. 오히려 내가 입사한 것이 최 대리 때문이라고 할 수 있다. 회사에서 광고 업무를 담당하던 유일한 직원인 최 대리가 갑자기 대기업으로 직장을 옮기기로 하면서 그 공백을 메우기 위해 덩달아 내 입사도 결정된 것 같았다.

최 대리와 나는 고작 일주일을 함께 근무했다. 그나마 하루는 그가 연차를 냈고 또 사무실에 있을 때도 자리를 비우는 적이 많아 제대로 업무와 관련한 인수인계를 받지 못했다. 어릴 때부터 쓸데없는 걱정을 많이 한다고 해서 별명이 '기우'인 나는 그야말로 걱정이 태산이었다. 그런 내 조바심과는 달리 그는 느긋했다. 달리 인수인계를 할 게 없다는 투였다. 하도 내가 한숨을 쉬니까 최 대리는 몇 가지 서류와 파일을 내게 건네주면서 말했다.

"사실 이런 건 아무 소용이 없어요. 김 대리님은 딱 하나만 알면 됩니다."

나는 눈이 똥그래졌다.

"그게 뭡니까?"

"그게 뭐냐 하면 말이죠. 참 김 대리님 술 마실 줄 알죠?"

퇴근하자마자 우리는 회사 앞에 있는 맥주 가게에 갔다. 그는 단골인지 그곳에서 일하는 사람들과 친해 보였다. 인사를 나누고 몇 마디 농담도 주고받았다. 500시시 생맥주를 두 잔이나 비울 동안 그는 '딱 하나'에 대해서는 입도 벙긋하지 않았다. 나는 오줌 마려운 강아지 눈빛으로 최 대리의 입만 바라보았다. 맥주를 두 잔이나 마셨더니 정말 오줌이 마렵기도 했지만.

"김 대리님 거절 잘 못하시죠?"

그는 내 대답은 들을 것도 없다는 듯 말을 이었다.

"만일 말이죠. 동료 중 누군가 대리님 책상 위에 음료수를 놓아 준다고 해봐요."

나는 웃었다.

"그럼 '감사합니다' 하고 마시면 되잖아요."

"그게 한 번이 아니라 1년 365일 계속 그렇게 한다고 생각해 봐요."

"부담이 되겠네요."

"그렇죠. 거절을 해야겠지요. 그런데 내게 호의를 베푼 사람인데 자칫하면 마음의 상처를 줄 수도 있고. 김 대리님, 어떻게 하겠어요?"

어릴 때부터 질문을 받으면 바로 대답을 못하고 생각만 한다고 해서 별명이 '장고'인 나는 입을 꾹 다물고 고개만 끄덕였다. 그래도 생각은 계속 하고 있다는 느낌을 상대에게 주기 위해.

최 대리가 입을 벙긋했다.

"우리 일은 거절하는 일이에요. 앞으로 대행사나 매체, 기획사 등으로부터 제안을 많이 받을 겁니다. 하루에도 수십 통 메일이 들어오고 또 그 숫자만큼 전화를 받을 거고, 사전 연락 없이 무작정 찾아오는 광고 영업하는 분들의 방문도 받을 거예요. 그들은 이렇게 말할 겁니다. 이 광고가 우리에게 꼭 필요하다며, 그럴듯한 이유를 논리적으로 감정적으로 인간적으로 설득하고 호소하고 부탁할 겁니다. 때로는 은근하게 협박도 하고요. 물론 정말 우리에게 필요하고 또 좋은 조건의 제안이라면 받아들이면 되겠지요. 그러나 대부분은 거절해야 하는 것들이지요.

'일단 검토해보겠다' 하고 말할 수 있겠죠. 거절은 아닙니다. 그저 잠시 결정을 미루고 시간을 버는 것에 지나지 않죠. 진짜 거절은 어렵습니다. 많이 한다고 해서 절대 익숙해지지 않아요. 저도 벌써 3년이지만 할 때마다 매번 힘들어요. 특히 직접 얼굴 보고 하는 거절은 더 어렵습니다. 그 사람이 낸 제안 하나를 거절하는 건데 마치 그의 존재 자체를 거절하는 것 같은 심리적 에너지가 소모됩니다.

사람들은 제가 옮기는 곳이 대기업이라서 이직하는 걸로 알지만 그게 아닙니다. 거절을 잘하려면 성실해야 하는데 저는 그러지 못해서요. 힘들었습니다. '그냥 싫다, 그냥 아니다' 이렇게 말하는 것은 늘 경계해야 한다고 생각해요. 어떻게든 거절의 이유를 최대한 논리적으로 설명하려는 노력이 필요해요."

마지막 날 오후 최 대리가 메신저로 말을 걸어왔다. '오늘 다른 약속이 없다면 마치고 소주 한잔 하실래요?' 그날 나는 술 생각이 없었지만 최 대리가 근무하는 마지막 날이라 어떻게 해야 하나 고민했다. 전화를 받고 찾아온 사람을 만나고 업무를 처리하고 그러다 퇴근 무렵에 떠나는 최 대리를 배웅하고 자리에 돌아와 보니 그의 메일이 와 있었다. 거기 이런 문장이 있었다.

'가장 나쁜 거절은 너무 오래 고민하다가 타이밍을 놓치고 결국
아무런 답도 주지 않는 것입니다.'

거절 이유를 말해주세요

# #
경계

남편은 자신의 뒤통수가 찍힌 사진을 보고 경악했다. 그 사진은 아내가 아들을 찍은 것인데 등을 맞대고 앉아 있던 남편도 덩달아 찍힌 것이다. 뒤통수는 낯설었다.

가족과 동료와 친구와 지인들 가운데 남편의 뒤통수를 남편 자신보다 적게 보는 사람은 없을 것이다. 심지어 길에서 지나치는 행인들조차 남편의 뒤통수를 남편보다는 더 볼 확률이 높다. 자신의 뒤통수를 가장 적게 보는 사람은 바로 자기 자신이다.

정황상 자신의 뒤통수가 분명했지만 남편은 도무지 그 사실을 받아들이기 힘들었다. 아내에게 물었다.

"이게 정말 내 뒤통수야? 완전 할아버지잖아. 내 뒤통수가 이렇게 생겼나?"

남편은 30대 후반부터 탈모가 진행되어 50대 초반인 지금은 '탈모인'으로서 확고한 외양을 갖추었다. 생물학적 나이보다 열 살은 더 들어 보인다. 늙어 보이는 것은 상관없지만 직장 생활을 하고 있는 처지라 아무래도 신경이 쓰인다. 나이가 많아서 안정감이 있다든지 경험이 풍부할 것 같다든지 하는 인상은 정보혁명 시대에는 별로 도움이 되지 않는다. 오히려 변화에 둔감하고 트렌드를 읽지 못하고 옛날 방식과 자신의 경험에만 갇혀 있는 고집 센 구시대적 인물일 거란 인상만 준다.

탈모의 앞모습은 아침저녁으로 거울을 통해 자주 접하다 보니 어느새 설득되고 말았지만 새삼 확인하게 된 뒷모습은 충격이었다. 정수리를 중심으로 마치 원을 그린 듯 머리통의 절반 정도 되는 부분에 머리카락이 거의 보이지 않았다. 탈모가 된 부분이 문제가 아니다. 문제는 탈모가 아직 안 된, 정확하게 말하자면 아직 덜 된, 상대적으로 숱이 많고 색도 짙은 머리통의 옆과 아랫부분이다. 아니다. 경계가 문제다. 탈모가 된 부분과 탈모가 되지 않은 부분이 만나는 지점에 뚜렷하게 생긴 경계가 문제다.

남편은 일본에 살 때 자전거를 타고 책방에 가다가 경계에 서 본 적이 있었다. 그러니까 한쪽은 햇살이 비치는데 다른 한쪽에서는 비가 내리는 지점을 통과한 적이 있었다. 그때 남편은 자전거를 세우고 그 경계에 한참 서 있었다. 몸의 절반은 햇살 속에 동시에 다른 절반은 비를 맞으며 말이다. 사람들에게 그 경험을 이야기하면 다들 남편에게 물었다.

"경계가 어땠습니까?"

경계는 대비를 강화한다. 남아 있는 옆머리와 아랫머리의 짙은 숱이 탈모의 현장을 더욱 황량하고 참혹하게 만든다. 차라리 머리 숱의 경계를 없애면 어떨까? 훨씬 단정하게 보이지 않을까. 젊어 보이지 않을까. 적어도 개성 있는 사람으로 보일 것이다.

남편은 경계를 없애기로 결심했다. 단골 미장원의 실장은 반대한다. 대부분 실장은 고집이 세다. 남편이 사정을 말해도 실장은 고집을 꺾지 않는다.

"저도 말씀대로 해드리고 싶어요. 그렇지만 손님에게는 그 머리가 어울리지 않습니다. 제게도 헤어 디자이너로서 직업적 양심이라는 게 있잖아요. 경계를 없애라고 하면 삭발을 하자는 건데 그건 얼굴이 작고 둥글고 뒤통수가 예쁜 사람들에게나 잘 어울리는 머리라니까요."

헤어 디자이너는 차마 말하지 않았지만 남편은 그가 무슨 말을 삼켰는지 알 것 같았다. 남편처럼 크고 각진 얼굴과 납작한 뒤통수의 머리통에는 어울리지 않는다는 것을. 남편도 고집이 세다.

"경계를 없애주세요. 옆머리와 아랫머리를 아주 짧게 잘라주세요. 어떻게 되든 제 머리통이니까요. 자신보다 자신을 더 잘 아는 사람은 없어요. 자신보다 자신의 운명을 더 사랑하는 사람은 없어요."

남편은 크고 각진 얼굴로 말했다.

"그러니까 삭발해주세요."

실장은 한숨을 쉬었다.

"손님에겐 정말 안 어울릴 텐데……."

머리를 다 자른 후 감은 눈을 뜨자마자 남편은 알았다. 망했다. 역시 너무 짧았다. 크고 울퉁불퉁 각이 진 남편의 머리에 삭발은 전혀 어울리지 않았다. 험악했다. 남편은 자신의 얼굴이 무서웠다. 거울을 가져와 남편의 뒤통수를 보여주며 헤어 디자이너가 물었다.

"경계가 어떻습니까?"

다음날 아침 출근 전에 남편은 평소보다 오래 거울을 들여다보았다. 사람들이 다들 한마디씩 할 텐데. 걱정하는 남편을 아내가 위로했다.

"괜찮은데. 뭐 금세 자라겠지. 야한 생각을 계속 해봐요."

그날 저녁 남편은 우울한 얼굴로 귀가했다. 아내가 물었다.

"왜 사람들이 다들 뭐라고 해? 조폭 같다고 해?"

"아니."

"그럼 왜 그래요?"

"몰라. 아무도 몰라. 내가 머리를 깎은 사실조차 몰라."

경계 경계가 어떻습니까?

# #
골목

저는 골목을 좋아합니다. '군자대로행'이라는 말이 있는 것처럼 밝고 떳떳하기는 역시 큰길이 낫겠지만, 그곳에는 차도 사람도 많아 복잡하고 시끄럽지요. 골목은 어둡고 후미지긴 해도 호젓하고 조용합니다. 대부분 지름길도 골목으로 나 있고요. 그래도 당분간은 골목으로 다니지 않으려고 해요.

저는 골목에서 태어났고 골목에서 자랐습니다. 저를 키운 건 팔할이 골목이었어요. 제가 자랄 때 골목은 집의 확장이었습니다. 집이 좁아서 골목을 마루와 마당으로 썼습니다. 방과 부엌과 욕실로도 썼고요. 골목 한 편에 자리를 깔고 엎드려 숙제를 했습니다. 거기서 국수를 먹고 수박을 먹었어요. 일하러 나간 어머니를 기다리다 잠이 들기도 했지요. 골목에는 추억이 많아요.

골목은 첫사랑 같은 거죠. 첫사랑이 사는 집은 다들 골목에 있지 않았나요? 그 사람과 첫 입맞춤을 한 곳도 골목이 아니었을까요. 어느 날 갑자기 마음을 바꾼 그를 찾아가 그 사람이 나올 때까지 기다리던 곳도 보안등 아래의 희미한 골목이었겠지요. 골목에는 추억이 많지요. 그래도 이제 한동안 골목으로 다니지 않으려고 해

25

요. 제가 일하는 사무실이 강남역 11번 출구 쪽에 있어서요. 제 자리에서 몸을 돌려 창밖을 내려다보면 강남역 10번 출구가 바로 보이거든요.

　퇴근은 보통 오후 8시에 합니다. 강남에서 버스를 타면 9시쯤 분당에 있는 서현중학교 정류소에 도착하죠. 버스에서 내려 집으로 가려면 골목을 지나가야 합니다. 정류소에서 집까지 가는 길이 이 골목밖에 없는 건 아니지만 다들 이곳으로 다닙니다. 그래서 지금 저는 당신의 뒤에서 걸어가고 있습니다. 왼쪽에는 중학교 건물이 있고 오른쪽에는 아파트가 있지만 밖에 나와 있는 사람은 없습니다. 가로등이 있지만 오늘따라 더 어둡게 느껴지네요. 오늘 이 시각 이 골목을 지나가는 사람은 당신과 저 둘뿐입니다.

　처음에 당신의 걸음은 평화로웠습니다. 아마 당신은 일정한 보폭을 유지하며 안정적인 속도로 걸어갔을 겁니다. 제 앞에서 걸어가던 당신의 걸음을 제가 전혀 의식하지 못했으니까요. 원래 제 걸음은 느린 편이지만 이렇게 집으로 돌아갈 때는 저도 제법 속도를 내는 편입니다. 시장한 아내가 저와 늦은 저녁을 함께 먹으려고 집에서 시계를 보며 기다리고 있거든요. 제 마음의 다리는 바쁘지요. 그렇게 바짝 당신 뒤에 다가갔을 때 저는 보았습니다. 당신의 '흠칫'을요. 당신의 '쭈뼛'을요. 당신의 팔과 다리에 소름처럼 돋았을 불안과 공포를요.

　만일 다른 시간 다른 장소에서 만났다면 우리는 서로 눈인사나 목례를 나누었을지도 모릅니다. 어쩌면 가벼운 대화를 나눌 수도 있었겠지요. 그러나 지금은 밤이고, 이곳은 골목이고, 당신은 여자고, 저는 남자입니다. 당신은 제가 무섭습니다. 제 외모가 특별히 험악해서 당신이 저를 두려워하는 것은 아닐 것입니다. 물론 제 외모가 좀 험악합니다만.

저는 어떻게 해야 좋을지 모르겠어요. 당신의 불안처럼, 당신의 공포처럼, 당신의 호흡처럼 당신의 걸음이 빨라지네요. 이제 집으로 돌아가는 저는 마치 당신을 뒤쫓아가는 악당 같습니다. 저는 걸음을 늦춥니다. 더 긴장한 당신도 걸음을 늦춥니다. 당신의 온 신경이 제게로 쏠려있는 것일까요. 저는 휴대전화기를 꺼내 켭니다. 제가 다른 데에 신경을 쓰고 있다는 신호를 당신에게 보내려는 것이죠. 전화기 불빛에 비친 제 얼굴이 당신을 더 공포에 질리게 하는지도 모르고 말이죠.

그것은 어쩌면 신영복 선생이 말씀한 여름 징역의 고통에 가까운지도 모르겠습니다. '겨울 징역이 고통스럽지만 그래도 여름 징역보다는 차라리 낫다'고 선생은 말했습니다. 더운 여름 밤 모로 누워 칼잠을 자야 하는 감옥 안의 좁은 잠자리는 옆 사람을 그저 37도의 불덩어리로 느끼게 한다지요. 여름 징역은 바로 옆 사람을 증오하게 만들기 때문에 형벌 중에 형벌이었다지요. 그러니까 저의 어떤 행동이 아니라 저의 존재 자체가 당신에게 견딜 수 없는 고통을 주고 있는 것이겠지요.

당신의 뒤에서 저는 쩔쩔매고 있습니다. 언제가 될지 모르겠지만 그때까지는 골목으로 다니지 않으려고 해요. 당신이 저를 무서워하지 않고 저는 당신에게 죄송해 하지 않는 날이 올 때까지 말이죠.

골목 당신은 무섭고 저는 죄송하고

# #
공감

"선배, 저예요."

휴대전화로 낯선 번호의 전화가 왔다. 업무상 처음 걸려오는 전화가 많기 때문에 무조건 받는 편이다. 저쪽은 잠시 아무런 말이 없었다. 내가 끊으려고 하자 그제서야 여자 목소리가 들려왔다.

"미영이."

미영은 잘 모르는 후배다. 10년 전인가 대학 후배라면서 사무실로 한 여성이 찾아왔다. 친한 동아리 후배의 이름을 대면서 그가 소개시켜줬다고. 자신도 동아리 후배라고. 학교를 다닌 시기가 다르고 한번도 만난 적은 없지만 선배 이야기는 많이 들었다고. 학교 졸업하고 이런저런 일을 하다가 지금은 보험 일을 한다고. 일찍 결혼한 편이라 벌써 초등학교 다니는 딸아이가 하나 있다고. 선배도 결혼을 일찍 하지 않았느냐고. 혹시 보험은 들어둔 게 있느냐고.

당시 나는 정기적으로 병원에 다니면서 천식 치료를 받던 중이라 보험 가입이 되지 않았다. 그 사실을 알고 나서도 미영은 나를 찾아왔다. 자기 일하는 사무실이 내가 있는 회사와 가깝다며. 커피만 마시고 갈 때도 있었고 점심을 함께할 때도 있었다. 미영은 나를 걱정했다. 천식이 있는데 보험 가입은 되지 않으니 앞으로 어떻게 하느냐고. 나는 그런 미영이 고마웠다. 그래서 친절하게 대했던 것 같다. 한동안 자주 찾아오던 미영은 언젠가부터 뜸해지더니 결국 연락이 끊겼다. 가끔 친한 후배로부터 힘들게 산다는 이야기만 전해 들었다. 그리고 대략 10년이 흐른 셈이다.

"선배 잘 지내죠?"

나는 그럭저럭 지낸다고, 미안한데 곧 회의에 들어가야 한다며 용건을 물었다. 미영은 잠시 말이 없었다.

"선배 많이 바쁘구나. 죄송해요. 특별한 용건이 있는 건 아니고 그냥 선배가 생각나서요. 바쁘실 텐데 다음에 전화할게요. 참, 선배 천식은 좀 어때요?"

나는 이젠 적응이 돼 괜찮다고, 고맙다고, 나중에 또 통화하자고, 무슨 일 있으면 언제든지 꼭 연락하라며 전화를 끊었다.

미영에게서 다시 연락이 온 것은 이틀 후였다. 아내와 함께 늦은 저녁식사를 마치고 소파에 앉아 프리모 레비의 『가라앉은 자와 구조된 자』를 읽기 시작했을 때 휴대전화가 울렸다. 나는 후회했다. 저번 통화할 때 마지막 말은 하지 말았어야 했다. 특히 '언제든지'나 '꼭'이란 부사는 빼야 옳았다. 스티븐 킹이 그랬던가. 지옥으로 가는 길은 수많은 부사로 뒤덮여 있을 거라고. 어쩌자고 나는 그런 무책임한 말을 했을까. 아마 간단히 용건만 묻고 바쁘게 전화를 끊는 데 대한 미안함과 전화를 빨리 끊게 된 안도감이 그런 마음에도 없는 말을 하게 만들었을 것이다.

집이었고 밤 10시 20분이었다. 아무리 잘 모르는 후배라고 해도 아내는 믿지 않을 것이다. 전화를 안 받으면 아내가 더 이상하게 생각할 것 같아 결국 나는 받았다.

"선배, 저예요."

"응. 그래 무슨 일이야? 이 시간에."

내 목소리의 손이 상대를 힘껏 밀어낸다.

"미안해요. 늦은 시간에."

아내는 거실 바닥에 앉아 걷어놓은 빨래를 차곡차곡 개고 있다. 나는 빨리 전화를 끊고 싶다.

"급한 일인가 보다. 이 시간에 전화를 한 걸 보면."

"선배 집 주소 좀 알려줘요."

아내는 아까부터 같은 빨래를 계속 다시 개고 있다.

"주소는 왜?"

"제가 선물을 하나 보내고 싶어서요. 선배한테 항상 감사하고 있어요."

나는 선물 같은 거 받을 자격이 없는 사람이다. 늦은 시각이니 다음에 통화하면 좋겠는데.

"선배는 참 따뜻한 사람이에요. 난 다 알 수 있어요."

나는 차가운 사람이다. 몸이 얼음처럼 차 5월에도 내복을 입고 잔다. 웃는 건지 우는 건지 미영의 목소리가 떨렸다.

"바보 같은 제 이야기를 항상 들어주니까요. 선배, 저한테 딸이 하나 있었잖아요. 그 아이가 1년 전에 죽었어요. 고등학생이었거든요. 참 예쁜 아이였는데. 답답해서 누구한테든 이야기를 좀 하고 싶은데. 전화라도 걸고 싶은데. 다들 바쁘니까 제 전화를 못 받는 거예요. 받아도 통화를 못하고요. 선배 생각이 났어요. 저번에 선배가 무슨 일 있으면 언제든 꼭 전화하라고 했잖아요. 저는 그 말이 진짜 고마웠어요."

나는 내가 몹시 부끄러웠다.

공감은 그 사람 자리에 서 본다는 것 아닐까요.
그 사람의 냄새 나는 신발 속으로
자신의 발을 집어넣어 보는 일 같은 거 아닐까요.

#공감 점점 퇴화해가는, 인간의 고귀한 본성

# #
공짜

칼국숫집 '밀숲'에는 혼자나 둘이 가도 좋지만 셋이 가면 더 좋다. 회사 동료인 박 대리, 배 대리와 나는 셋이 '밀숲'에 가 점심을 먹은 적이 있다. 박 대리가 지난주 월요일에 출산휴가에 들어갔으니까 그때는 박 대리가 휴가 가기 전이었다.

점심 메뉴 결정은 출산 친화적 식사를 위해 만삭의 임신부인 박 대리에 맞추게 된다. 우선 몸이 무거워 먼 곳의 식당은 가지 않게 된다. 가령 횡단보도를 건너야 하는 '음악국수'는 비 오는 날에도 못 간다. 평양냉면 생각이 간절해도 지하도와 건널목을 건너야 갈 수 있는 '을밀대'나 '봉피양'에도 못 간다. 향이 강하거나 맛이 자극적인 음식도 피하게 된다. 조미료를 많이 사용하는 곳도 당연히 건너뛴다. 추어탕, 순댓국, 뼈해장국, 돼지국밥 같은 음식을 파는 식당에는 근처에도 가지 못한다.

강남이 넓다고 하나 막상 점심때 갈만한 식당이 별로 없다. 매일 점심때만 되면 고심하지만 결국 갔던 곳만 간다. 늘 가던 곳은 안전하고 편하지만 그만큼 밋밋하고 지루하다. 그러던 차에 회원 관리부 정 팀장이 알려준 곳이 '밀숲'이다. 근처에 괜찮은 칼국수 가게가 있다고. 가격도 겸손하다고.

식당에는 이미 식사하고 있는 동료들도 두 팀이나 있었다. 눈이 마주친 동료들과 목례를 나누고 우리는 자리에 앉았다. 칼국수 가격은 겸손해서 한 그릇에 4천원이다. 거기다 한 접시에 만두 세 개가 나오는 만두를 주문하면 한 사람 앞에 하나씩 사이좋게 나눠 먹을 수 있다. 만두 가격은 3천원이다. 칼국수와 만두 한 개를 먹고도 한 사람 점심 가격이 5천원이다. 강남에서 점심 한 끼 가격으로 5천원이면 아름답다.

대화도 없이 열심히 칼국수와 만두를 먹고 있는데 다른 자리에서 식사하던 동료 중 한 사람이 우리 자리로 온다. 손에는 밥그릇을 들고.

"이거 드세요. 깨끗하게 먹은 건데. 이게 별것 아닌 것 같지만 그래도 먹으면 든든할 거예요. 혹시 불쾌하신 건 아니죠?"

그릇에는 먹다 만 밥이 반쯤 남아 있었다. 나는 과장해서 손을 저었다.

"어휴, 불쾌하긴요. 아닙니다. 이러시면 저희야 감사하죠. 저 이런 거 좋아해요. 제가 왜 대머리겠어요?"

그 동료는 평소에도 다정한 사람이다. 복도나 엘리베이터에서 마주치면 항상 웃는 얼굴로 진심이 담긴 따뜻한 인사를 건네는 분이다. 깨끗하게 드셨겠지만 밥에는 김치 양념이 살짝 묻어 있었다. 동료들이 주고 간 밥을 박 대리와 배 대리에게 권했지만 생각이 없다고 한다. 박 대리와 배 대리는 원래 국에 밥 말아먹는 것을 좋아하지 않는 것 같았다. 나는 좋아한다. 나는 반 공기의 밥을 남은 국물에 말아 탐욕스럽게 먹었다.

그렇게 칼국수 국물에 만 밥을 먹으니 이야기 하나가 생각났다.

옛날 어느 나라에 왕이 있었는데 늙고 병들어 외동인 왕자에게 왕위를 물려주어야 했다. 왕자는 나라 다스리는 일에는 관심도 재능도 없었다. 어렸을 때부터 왕이 조기교육을 시켰으나 실패했다. 왕은 학식 높은 선비들에게 지도자가 알아야 할 모든 지식과 지혜를 단 한 권의 책으로 만들어 오도록 명령했다. 선비들은 못 한다고 했다. 도저히 한 권으로 만들 수 없다고, 열 권으로도 모자라고 백 권으로도 모자란다고. 신하들도 반대했다. 왕은 반대하는 신하와 선비들을 죽이고 다시 명령을 내렸다. 목숨이 아까운 선비들이 어찌어찌 국정 교과서 한 권을 만들었다. 한 권의 책도 공부를 싫어하는 왕자에겐 너무 많았다. 읽기 힘들었다. 한 쪽으로, 그것도 너무 많다고 해서 결국 한 문장으로 만들었다. 그 문장은, 세상에 공짜는 없다는 것이다. 한 문장으로, 한 권으로 얻을 수 있는 지식이나 지혜는 없다. 그걸 알고 싶다면 열 권의 책, 아니 백 권의 책을 읽고 공부해야 한다.

두드리면 북소리가 날 것 같은 배를 쓰다듬을 때까지 나는 몰랐다. 우리가 그 밥값을 내야 한다는 사실을. 계산할 때 보니 원래 우리가 주문한 음식값보다 천원이 더 나왔다. 몇 가지 가능성이 있다. 식당에서 밥값을 이중으로 계산했을 수 있다. 또는 식탁에 놓여있는 밥그릇만 보고 우리 쪽으로 계산했을 수도 있다. 가능성은 희박하지만, 아주 희박하지만 아까 그 동료가 계산하면서 밥 한 공기 값을 우리 쪽에서 낼 거라고 넘겼을 수 있다.

우리는 더 나온 그 천원에 대해서 식당에 끝내 묻지 못했다.

공짜 세상에 공짜는 없다

# #
기다림

아내의 방문

연애할 때 아내는 내가 살던 도시에 온 적이 있었다. 혼자서 기차를 타고 말이다. 그때까지 아내는 한 번도 기차를 타고 가야 할 정도로 멀리 떨어진 곳에 혼자 가본 적이 없었다. 아내는 미리 편지로 자신의 방문을 알렸지만 어떤 연유에서인지 그 편지는 내게 도착하지 않았다. 아내가 온다는 사실을 몰랐으므로 나는 역에 마중 나갈 수 없었다.

왜 편지를 했을까? 전화를 해도 됐을 텐데. 지금 생각해보면 이상하지만 그때는 당연했다. 휴대전화도 없었고 주인집에 전화가 있긴 했지만 불편하고 눈치도 보여서 가능하면 사용하지 않았다. 또 전화보다는 편지가 훨씬 로맨틱했다. 전화는 사무적이었다. 로맨틱한 자신의 방문을 사무적인 전화로 '용건만 간단히' 말할 수는 없었다. 불과 30년 전이었지만 연인들의 메신저로는 편지가 더 일반적이었다.

아내는 역에 도착해 당연히 마중 나와 있을 나를 기대했다. 나를 기다렸다. 10분이 지나고 20분이 지나고. 아내는 내가 자취하는 곳의 주인집에 전화를 했지만 나는 집에 없었다. 아내는 낯선 도시의 풍경을 불안하고 초조한 마음으로 둘러보았다. 한 시간이 지나고 두 시간이 지났다.

그렇게 낯선 곳에서 누군가를 한참 기다리다 보면 그 사람에 대한 마음이 또렷해지는 걸까? 아내는 나를 기다리면서 자신의 마음을 확인했다고 한다. 사실은 떨어져 있으면서 둘의 관계에 대해서도, 자신의 마음에 대해서도 확신이 없어 불안해했다. 아무래도 직접 만나서 이야기를 나눠봐야겠다는 생각에 편지를 보내고 방문한 것이다. 그러니까 어쩌면 그때 우리가 만나지 못해서 지금 이렇게 살고 있는 건지도 모르겠다.

소리를 기다리는 사람

기다림이라고 하면 떠오르는 이야기가 있다. 정신병원에 새로운 의사가 왔다. 의사는 병원에 있는 환자들을 살펴보았는데 다들 환자처럼 보였다. 오직 한 환자만 빼고. 그 환자는 그저 벽에 귀를 대고 가만히 있는 것 외에는 별다른 증상이 없어 보였다. 환자가 있던 방은 병원 건물의 끝이라서 벽 뒤에는 아무 것도 없었으므로 무슨 특별하게 들릴 소리가 없었다. 환자는 밥 먹고 잠자는 시간을 빼면 항상 벽에 귀를 대고 있었다. 처음엔 미쳐도 참 곱게 미쳤다고 웃어 넘겼지만 귀를 대고 듣는 그의 자세가 너무 진지하고 심지어 엄숙하기까지 해서 의사는 점점 궁금해졌다. 혹시 무슨 소리가 들리는 것은 아닐까? 저 벽에서 무슨 희망의 소리가, 구원의 소리가 들리는 것은 아닐까? 그런 생각이 들자 확인해 보고 싶어 견딜 수가 없었다.

결국 의사는 그의 옆에 나란히 앉아 벽에 귀를 대고 들어보았다. 아무 소리도 들리지 않았다. 조금 더 귀를 벽에 바싹 갖다 대고 들어보았다. 역시 아무 소리도 들리지 않았다. 의사는 공연히 바보 같은 짓을 한 것 같아 환자에게 화를 냈다.

"아무 소리도 안 들리는데 뭘 듣고 있어요!"

의사의 말을 들은 그는 도리어 더 화를 냈다.

"안 들리는 게 당연하지. 내가 지금 십 년째 기다려도 아무 소리도 못 들었는데 당신이 그렇게 잠깐 듣고 무슨 소리가 들리면 그게 정상이겠어?"

김수영의 「봄밤」

그래, 좋아지지 않을 거야. 나빠지겠지. 어쩌면 더 나빠질 수 없을 정도로 나빠질지도 몰라. 이럴 때 우리에게 필요한 것은 기다리는 자세일 거야. 알아, 기다리는 것에 대해 부정적인 시각이 많다는 것. 감나무 밑에서 감 떨어지기를 기다리며 입을 벌리고 있는, 감 떨어지는 남자 같겠지. 또는 백마 탄 왕자가 오기를 기다리며 늙어가는 숲 속의 공주처럼 조롱의 대상이 될 수도 있겠지. 감나무를 흔들거나 아예 올라가야 한다고, 백마 탄 왕자를 찾아 나서야 한다고 말이야. 그것도 하나의 자세야. 그런데 지금처럼 희망이라고는 보이지 않는 시대에 필요한 것은 서두르지 않고 기다리는 일이야. 기다리면 우리의 마음을 확인할 수 있을 거야. 십 년을 기다렸다면 또 조금 더 기다려보는 거지. 지금은 봄밤이니까. 봄밤의 김수영처럼 서둘지 말고 당황하지 말고 혁혁한 업적을 바라지 말고. 김수영의 시 「봄밤」의 첫 연만 옮기자면 이래요.

"애타도록 마음에 서둘지 말라
강물 위에 떨어진 불빛처럼
혁혁한 업적을 바라지 말라
개가 울고 종이 들리고 달이 떠도
너는 조금도 당황하지 말라
술에서 깨어난 무거운 몸이여
오오 봄이여"

기다림 봄을 맞는 우리의 자세

# #
까치밥

몇 주 전 일요일 아침 빵을 사러 가는 길에 장대를 들고 있는 경비원 아저씨를 만났다. 나는 인사만 드렸는데 아저씨는 장대에 대해 설명한다.

"이거요, 감 좀 따려고요. 저기 좀 봐요."

아저씨가 가리키는 나무에는 감이 주렁주렁 달렸다.

"이 나무가 감나무였군요."

지금 아파트로 이사 온 게 1년도 더 지났으니 수도 없이 그 나무 앞을 지나다녔을 텐데 감나무인지는 이때 처음 알았다. 사람이 눈만 뜨고 있다고 다 보는 게 아니다. 나는 부끄러워 과장해서 말했다.

"정말 감이 많이 열렸네요."

아저씨는 능숙한 솜씨로 감을 딸 것 같았지만 그러지 못했다. 나무는 키가 컸다. 감은 쉽게 떨어지지 않았다. 나는 자리를 피하고 싶었지만 그러면 아저씨가 더 민망해 할 것 같아 계속 감 따는 아저씨를 지켜보았다. 응원하는 마음으로.

겨우 감 하나가 떨어졌다. 아저씨는 감 표면을 면장갑으로 쓱쓱

문지르더니 내민다.

"한번 드셔봐요."

"그냥 먹어요?"

"그럼요. 괜찮아요."

나는 뭔가 아는 체를 하고 싶다.

"꼭대기에 있는 감 몇 개는 안 따는 거라면서요. '까치밥'이라고, 서리 내리면 까치 먹을 거 없다고 남겨놓는다던데요."

나는 감을 한입 베어 먹는다.

"맛있네요."

아저씨는 웃는다. 원래도 인상이 좋지만 웃으면 사람이 더 선해 보인다.

"맛있죠? 이 맛있는 걸 왜 안 따고 남겨두겠어요? 꼭대기에 있는 것들은 잘 안 따지니까 어쩔 수 없이 남겨두는 거지요."

나는 또 아는 체를 한다.

"그러니까 신 포도 같은 거네요. 이솝 우화에 나오는 '여우와 신 포도'요. 높이 달려 있는 포도를 따먹으려고 여우가 아무리 해도 안 되니까 저건 신 포도일 거야 라고 자기합리화를 했다는. 까치밥 도 결국 신 포도네요."

아저씨는 웃는다.

"맞아요. 신 포도지요."

아내는 아저씨를 '우리 아저씨'라고 불렀다. 아저씨는 우리가 5 년 전에 살던 아파트에서도 경비를 하셨다. 우리가 이사를 하고 또 해서 지금의 아파트로 왔을 때 이곳에서 근무하는 아저씨를 보고 아내는 마치 친정 식구라도 만난 것처럼 반가워했다. 명절 때면 아 내는 양말이라도 빠트리지 않고 꼭 챙겨 선물하는 눈치였다.

아저씨가 이쪽 아파트로 오게 된 것은 일종의 징계였다. 경비원은 경비를 해야 하지만 실제는 다른 일을 더 많이 한다. 주민의 무거운 짐을 들어주고 몸이 불편한 사람을 부축한다. 외로운 노인의 말벗이 되고 어린 아이들의 동무가 된다. 공부 마치고 밤늦게 돌아오는 학생들을 반갑게 맞아주고 격려하고 응원해준다. 요즘처럼 단풍이 예쁠 때면 매일같이 그 많은 낙엽을 쓸고 또 쓴다. 겨울이면 밤새 쌓인 눈을 치우고 주민들이 다닐 길을 만드는 일도 그분들이 한다. 쓰레기 분리수거의 마무리도 택배 온 물건들을 맡아두었다 전달하는 일도 모두 그분들이 한다.

경비실에 맡긴 택배 물건을 주민이 안 찾아가면 경비원에게는 부담이 된다. 분실, 파손, 변질의 책임이 경비원에게 있는 것은 아니지만 마음이 불편한 것은 어쩔 수 없다. 이틀이 가고 사흘이 지

나도 찾아가지 않는 택배 물건을 찾아가라고 몇 차례 통보하면 어떤 주민은 짜증을 내고 화를 낸다. 만일 그 주민이 부녀 회장처럼 지위가 높은 사람일 경우 해당 경비원을 징계할 수도 있다. 우리 아저씨는 그렇게 지금 아파트로 쫓겨온 것이다.

어제 저녁을 먹는데 아내가 말했다.

"우리 아저씨 그만 두셨대."

"왜? 아직 정정하시던데."

"그게 아니고 잘리신 거래요. 부녀 회장이 뭘 시켰는데 우리 아저씨가 왜 그걸 우리 경비가 해야 하느냐고 말했대요. 그랬더니 다음 날로 바로 해고되신 거래. 어떻게 그럴 수가 있어!"

몇 주 전 장대로 감을 딸 때 아저씨는 말했다.

"그래도 말이 예쁘잖아요. '까치밥'이란 말이. 그렇게 이름을 붙인 마음이 예쁘잖아요. 신 포도나 까치밥이나 똑같이 못 딴 과일이지만 내가 못 딴 걸 두고 '저건 안 좋은 걸 거야'라고 말하는 것보다 '저 맛있는 거 나중에 다른 생명이 먹도록 내가 남겨두는 거야'라는 그 마음이 예쁘잖아요. 내가 못 먹는 거 나쁘게 말하지 않고 누군가는 먹겠지, 같이 먹고 살아야지 하는 그 마음이 예쁘잖아요. 안 그래요?"

오늘 아침 출근하는 길에 보니까 감나무 꼭대기에 우리 아저씨가 남겨둔 예쁜 마음 몇 개가 빨갛게 익어가고 있었다.

까치밥 아저씨가 남겨놓은 마음

42

#
꿈

선생님, 아내가 저와는 더 이상 말을 안 하려고 해요. 꿈 때문에요. 저는 꿈이 없는 것 같아요. 마땅한 말을 찾지 못하겠어요. 저는 대체로 꿈을 꾸지 않거나 꾸더라도 잘 기억하지 못합니다. 겨우 기억하는 꿈들은 인류가 멸망하는 장면입니다. 핵전쟁으로, 기후 변화로, 소행성 충돌로, 치명적인 바이러스로, 인공지능로봇의 공격으로, 외계인의 침공으로 인류가 죽고 지구가 파괴되는 거죠. 기승전결도 없고 최소한의 맥락도 없어요. 오직 스펙터클한 최후의 장면만 있죠. 네, 그 순간을 반복해서 꾸면서 슬펐어요.

가끔은 다른 꿈도 꿉니다. 얼마 전에는 이런 꿈을 꾸었어요. 기차역. 지붕이 없는 열차가 선로에 들어와 있어요. 경찰, 기자, 의사, 간호사, 시민 등. 사람들이 열차 앞에 모여 있고요. 제가 다가가자 그들이 길을 터줍니다. 객차는 구급용. 거기 어떤 여자가 구급용 침대에 앉아 불을 붙이지 않은 담배를 입에 물고 있어요. 저는 '불을 붙이지 않은 담배를 물고 있지 마라'라는 말을 떠올렸어요. 여자는 처음 보는 사람인데 꿈속에서는 아는 사람, 특별한 관계의 사람입니다. 제가 다가가자 여자가 눈짓을 해요. 저는 주머니에서 라이터를 꺼내 불을 붙여줍니다. 여자가 한 모금 깊게 빨아 연기를 제 얼굴에 천천히 내뱉어요. 여기저기서 카메라 플래시가 터지고. 여자가 담배를 제게 건네줍니다. 저는 오래전에 담배를 끊었지만 그 장면에서는 담배를 피워야 해요. 한 모금 담배를 빱니다. 니코틴이 허파 속으로 혈관 속으로 퍼지고. 열차가 출발합니다.

이런 꿈도 꾸었어요. 꿈속에서 저는 초혼이고 아내는 재혼으로 설정되어 있어요. 꿈이니까 어떤 설정이든 가능한 것일까요? 아내의 전 남편이 우리 집에 왔어요. 외롭다고. 무섭다고. 혼자 있기 싫다고. 아내가 제게 물었죠. 그러니 어쩌겠느냐. 우리가 데리고 살아야 하지 않겠느냐. 저는 이 일을 어떻게 해야 하나 생각하고 있는데 아내의 전 남편은 이미 우리 집에 들어와 방 하나를 차지하고 살아요. 게다가 그는 밤에 혼자서는 잠을 못 자요. 하는 수 없이 밤마다 아내가 그의 방으로 가 그와 함께 자고 아침에야 제 곁으로 온답니다. 이 장면은 지구가 폭발하고 인류가 멸망하는 것보다 더 스펙터클하구나 생각하다가 잠을 깼어요. 화장실에 다녀온 아내가 제 곁에 눕는 바람에.

선생님, 그런데 아내가 말을 안 하려는 건 제 꿈 때문이 아니라 아내 꿈 때문이에요. 어수선한 제 꿈과 달리 아내의 꿈은 명료해요. 교훈적이죠. 언젠가 아내가 보내온 문자를 받은 적이 있어요. '넌 꿈에서 나를 배신하고 다른 여자랑…….' 꿈속에서 아내를 배신하고 다른 여자랑 말줄임표를 한 저는 답 문자를 보냈어요.

'원래 꿈은 반대야.' '됐어. 난 죽어버릴 거야.' '이봐요, 어차피 사람은 언젠가 다 죽어. 뭘 서두르려 그래. 그러니까 그냥 살아.' '당신은 나쁜 놈이야! 그런데 보고 싶어.'

선생님, 역시 여자는 나쁜 놈에게 끌리는 것일까요? 여자란 참 알 수 없는 존재죠. 답을 보냈어요. '나도 보고 싶어'라고.

아내는 영화 같은 사람입니다. 보고 싶은, 무섭지만 보고 싶은 공포영화 같은 사람. 아침 식탁에서 아내가 말했어요.

"이제 당신하고는 더 이상 말하지 않을 거야."

"왜?"

"더 이상 말하지 않는다고 했잖아."

"아무리 그래도 이유는 말하고 다음부터 말 안 하면 되잖아. 무슨 일이야?"

"어제 꿈 때문이야."

"또 내가 당신을 배신하고 다른 여자랑……한 거야?"

"꿈속에서 당신하고 둘이 삼겹살을 먹었어. 그런데 삼겹살을 나는 한 점도 안 주고 당신 혼자만 다 먹었어."

"아니 당신이 젓가락질 못하는 어린애도 아니고 스스로 먹으면 되잖아."

"당신이 못 먹게 했단 말이야. 류머티즘에 안 좋다면서 자기 혼자 상추에 마늘, 고추 넣고 싸 입이 터져라 꾸역꾸역 먹었어."

선생님, 아픈 아내는 육류를 피해야 하고 특히 돼지고기는 먹으면 안 됩니다. 그래서 그런 꿈을 꾼 것일 테죠. 아내 마음속에 저는 믿을 수 없고 이기적이고 식탐이 많은 남편인 것 같아요. 슬픈 눈을 하고 제가 말했어요.

"나는 아무리 내 꿈을 기억해 봐도 삼겹살 먹은 기억이 안 나."

그랬더니 아내는 기가 차다는 듯 제 얼굴을 노려보며 말했어요.

"그러니까 내가 처음부터 말했잖아. 당신하고는 더 이상 말하고 싶지 않다고."

꿈 꿈도 조작할 수 있을까요?

# #
내일

마감

가끔 사람들이 묻는다.

"일주일에 한 편씩 글을 쓰는 게 힘들지 않느냐? 회사 다니고 시간
도 없을 텐데 글은 언제 쓰느냐?"

나는 수줍게 대답한다.

"내일 씁니다. 마음은 언제나 내일이라서요. 아니, 마감은 언제나
내일이라서요."

내일에서 온 신문

독일에 사는 후배 연우는 유학생 시절 신문 파는 아르바이트를 했
다. 다음날 조간신문을 몇 시간 일찍 동네 선술집인 펍을 돌아다니
며 파는 일이었다. 정기구독 신문보다 가격이 비싼 신문을 팔기 위
해 후배는 이렇게 말했다.

"이 신문은 내일에서 온 신문입니다. 이 신문 속에 내일이 있습
니다. 내일을 사세요."

펍에서 저녁 대신으로 맥주와 값싼 안주를 먹는 손님들은 후배

47

의 신문을 잘 사주었다. 그들은 정말 내일을 샀을까? 어쩌면 가난한 한국인 유학생의 내일을 사준 것이지 모르겠다.

새벽이다

오래 전 TV에서 이런 코미디를 본 적이 있다. 산동네의 옥탑방. 밤이다. 청년 서너 명이 한 방에서 자고 있다. 한 사람만 빼고. 코미디언 최양락은 혼자 일어나 불을 켜고 벽시계를 본다. 그날은 12월 31일, 시계는 오후 11시 59분을 가리키고 시침은 막 30초를 지나고 있다. 그는 잠든 친구들을 내려다본다. 한심하다. 지금이 얼마나 중요한 순간인데 잠이나 자고 있단 말인가. 그는 친구들을 깨운다. 잠에서 깬 친구들은 처음엔 투덜대다가 하나같이 카운트다운을 한다.

"5, 4, 3, 2, 1, 와! 새해다! 새해가 밝았어!"

그들은 감격한다. 부둥켜안고 팔짝팔짝 뛴다. 한 사람만 빼고. 아랫목에 누운 최양락이 짜증을 부린다.

"야, 새벽이야. 불 꺼."

새해도, 내일도 아직 오지 않았을 때 의미가 있다. 와버리면 특별한 내일도 그저 평범한 오늘에 지나지 않는다.

박남수의 「새」

이를 테면 내일은 박남수 시인의 시 「새1」에 나오는 순수다.

"포수는 한 덩이 납으로

그 순수를 겨냥하지만

매양 쏘는 것은

피에 젖은 한 마리 상한 새에 지나지 않는다."

우리에게 내일은 없다

어릴 때 '안다' 형(모르는 게 없다고 해서 '안다' 형으로 불린다)은 내일이 대체 언제인지 궁금했다. 어머니에게 물었다.

"엄마, 내일이 언제야?"

"내일? 내일은 하룻밤을 자고 나면 그날이 내일이란다."

아침에 눈을 뜨자마자 엄마에게 달려갔다.

"엄마, 오늘이 내일이야?"

"오늘은 오늘이지."

"내일은 하룻밤을 자고 난 다음날이라고 엄마가 말했잖아."

또 하룻밤을 자고 다음날 엄마에게 물었다.

"엄마, 오늘이 내일이지?"

"넌 누굴 닮아 이렇게 머리가 나쁘니? 오늘은 오늘이라니까. 내일은 하룻밤을 자고 난 다, 음, 날이라고 엄마가 몇 번이나 말해줬잖니!"

그제야 어린 '안다' 형은 깨달았다.

"엄마, 이제 알겠어요. 그러니까 우리에게 내일이란 없구나."

발명

누가 내게 인간을 정의하라고 한다면 나는 이렇게 말하겠다. 인간은 내일을 발명한 동물이라고. 인류가 동물과 다른 길을 간 결정적인 갈림길의 이정표에는 '내일의 발명'이 쓰여 있을 거라고. 인류의 진화와 발전은 모두 내일이라는 관념에서 튀어나왔다고. 내일이 있으니까 농사를 짓고 공장을 세우고 법과 제도를 만든다. 내일이 있으니까 철학을 하고 문학을 쓰고 역사를 기록한다. 교육도 하고 연구도 하고 개발도 하고 투자도 한다.

내일이 있으니까 우리는 오늘을 참고 견딘다. 혼용무도의 세상을. 상식이 침몰하고 불의가 창궐하는 세상을. 오늘은 비참하지만 내일은 좋아질 거라고. 오늘은 고단하고 암담하지만 내일이면 경제도 활기를 찾고 서민들의 살림살이가 좀 나아질 거라고. 사람 사는 세상이 올 거라고. 믿는다. 우리에겐 내일이 있으니까. 좋은 것, 바람직한 것, 정의로운 것들이 모두 내일에 있으니까.

그러니까 내일의 헛된 희망이 오늘의 불행을 만든다. 누가 내게 인간을 정의하라고 한다면 나는 이렇게 말하겠다. 인간은 내일 때문에 결국 망한 동물이라고.

기승전내일

첫 문장을 쓰는 것도 어렵지만 마지막 문장을 쓰는 것도 힘들다. 어떻게 마무리 하느냐에 따라 글의 전체적인 인상이 달라진다. 웃기고 싶은데 아무리 궁리해도 참신한 결말이 떠오르지 않는다. 나는 절망한다. 절망한다고? 절망, 정말? 절망하기엔 아직 이르다. 우리에겐 내일이 있으니까. 오늘이 있는 한 내일이 있으니까.

그러니까 마무리는, 정말 멋진 마지막 문장은 내일 쓰자.

〈스누피〉에서 이런 걸 본 적이 있어요.
누군가, 아마도 찰스가 결국 하루아침에
인류가 멸망할 거라고 걱정을 하니까
다른 누군가, 아마도 샐리가 이렇게 안심 시킵니다.
"그런 일은 결코 일어나지 않아. 이곳이 아침일 때
지구 반대편은 저녁일 테니까 말이야."

말이 안 되지만 그 대화를 생각하면
어쩐지 마음이 놓입니다.

내일 그래도 내일이 있다

냉장고

입이 무거운 자

그에게서 쪽지가 왔다. 그는 가장 늦게까지 사무실을 지키고 또 아침이면 누구보다 먼저 와서 근무하는 직원이다. 어쩌면 아예 퇴근도 하지 않고 밤을 새면서 일하는지도 모르겠다. 부서는 다르지만 가끔 그의 자리를 지날 때면 언제나 그가 묵묵히 자신의 역할을 다하고 있다는 인상을 받는다.

　그는 체격이 크고 입이 무겁다. 포용력이 좋아서 웬만한 것들은 다 받아들인다. 딱 잘라 거절을 못하는 성품이라 회사생활에서 늘 손해를 본다. 불평도 하고 화도 내면 차라리 보는 사람이 덜 답답할 텐데. 동료들이 모두 퇴근한 후에도 혼자 남아 다른 부서에서 맡긴 온갖 일을 끌어안고 끙끙대는 것이다.

　그는 무리해서 일하고 있다. 반듯하고 단정해서 겉으로 볼 때는 멀쩡한 것 같지만 속은 다 상하고 썩었다. 언젠가 퇴근했다가 책상 위에 두고 온 휴대전화기를 찾으러 밤늦게 사무실에 들렀을 때 아무도 없는 컴컴한 자리에서 불도 켜지 않은 채 혼자 엉엉 울고 있는 그를 본 적이 있다. 혹시 그가 무안해하고 당황할까 봐 전화기

52

만 찾아 나왔지만 그를 볼 때면 그 밤의 울음소리가 들리는 것 같다. 그에겐 휴식과 안정이 필요하다. 그는 위험하다.

11층의 다용도실 냉장고

결국 그에게서 쪽지가 왔다.

'저는 11층에서 여러분과 함께 생활하고 있는 냉장고입니다. 아무래도 제가 곧 여러분과 헤어질 것 같습니다. 주신 사랑이 너무 많아서, 주시기만 하고 가져가지는 않아서 도저히 제가 그것들을 다 감당할 수 없습니다. 안 하던 실수도 잦고 깜빡깜빡 정신을 놓기도 한답니다. 이젠 저도 늙고 지쳤나 봅니다. 며칠 전에는 병원 신세도 졌지요. 이러다간 제 명에 못산다고 하더군요. 부디 저를 가엾게 여기시어 제게 주신 것들을 모두 가져가 주세요.'

사실은 동료 한 분이 냉장고를 의인화해서 보낸 쪽지다. 이어지는 내용은 이랬다.

'여름을 대비해 냉장고 속 오래된 물품들을 정리하려고 한다. 개별 보관하는 물건들은 토요일까지 집으로 가져가길 바란다. 그 후에는 버리겠다. 도시락 반찬은 당일 저장, 당일 출고를 원칙으로 한다. 부득이한 경우 부서·이름·입고일·출고일을 기록하되 저장기간은 3일 이내로 제한한다.'

공용으로 사용하는 냉장고가 오래된 음식들로 꽉 차고 냄새도 고약해 참다못한 두 매니저가 팔을 걷어붙이고 나선 것이다. 냉장고를 청소하다 보니 1년 전 음식은 최근이고 10년도 더 지난 것들도 나왔다고, 잘하면 쥐라기 시대 브라키오사우루스가 먹다 넣어둔 나뭇잎 화석도 나올 것 같았다고 한다.

〈맨 인 블랙〉

사무실뿐 아니라 세상의 거의 모든 냉장고는 꽉 차 있다. 왜 냉장고는 항상 과적일까? 그것은 어쩌면 우리의 기억과 관련이 있다. 건망증 일화에 가장 자주 등장하는 물건 중 하나는 냉장고가 아닌가. 건망증 심한 사람들이 휴대전화기나 지갑을 넣어두는 곳은 언제나 냉장고다.

　어떤 물건이든 냉장고에 들어가는 순간 그것들은 우리의 기억에서 지워진다. 냉장고는 영화 〈맨 인 블랙〉에 나오는 기억제거장치인 '뉴럴라이저'인 걸까? 냉장고 문을 열면 우리가 잊어버린 것들이 꽉꽉 채워져 있는 것을 발견하지만 문을 닫는 순간 우리가 본 모든 것들을 망각한다. 냉장고는 망각을 저장하는 곳이다.

엘리자베스 여왕의 환영사

망각이라면 제임스 샤피로의 『셰익스피어를 둘러싼 모험』에 나오는 엘리자베스 여왕의 환영사가 떠오른다. 샤피로는 17세기의 전기작가인 존 오브리를 인용해 옥스퍼드에 관한 일화를 들려준다. 엘리자베스 여왕에게 허리를 낮게 숙이다가 실수로 방귀를 뀐 옥스퍼드 백작은 너무 창피한 나머지 7년이나 여행을 떠났다. 그가 돌아오자 엘리자베스 여왕은 귀국을 환영하면서 이렇게 말했다고 한다.

　"백작, 내 그대의 방귀는 이미 잊었소."

　여왕은 정말 백작의 방귀를 잊었을까? 우리가 하는 말은 종종 그 말의 겉과 정반대의 내면을 드러낸다. 여왕의 말은 그것이 진심에서 나온 말이라 하더라도 사실은 7년 동안 한순간도 잊지 못했다는 고백에 다름 아니다.

존재의 이유

이제 사무실 냉장고는 깨끗해졌다. 백작의 방귀 같은 고약한 냄새
도 사라졌다. 너무 깨끗해진 냉장고에는 아무것도 없다. 일주일째
텅 비어있다. 드디어 망각마저도 사라진 것이다.

외계인들은 우리 가까이에 있어요.
거의 날마다 우리는 그들을 봅니다.
그런데도 우리가 기억하지 못하는 것은
그들이 냉장고 속에서 살기 때문이죠.
그러니까 멀더 요원, 진실은 냉장고 속에 있어요.
저 너머에 있는 것이 아니라.

냉장고 망각 저장고

# #
눈물

아내는 특히 눈병을 싫어한다. 자신이 눈병에 걸리는 것을 싫어하는데 그 때문에 언제라도 자신에게 눈병을 옮길 수 있는 가족의 눈병 역시 기겁한다. 가족 중 누구라도 눈병에 걸린 것처럼 보이면 수건을 따로 쓰게 하고 가까이 오지 못하게 한다.

평소에도 남편은 눈이 충혈돼 있는 편이다. 물론 현대인은 다들 눈이 조금씩은 충혈돼 있다. 그래도 남편만큼은 아니다. 남편은 항상 눈이 빨갛다. 아무래도 토끼띠라서 그런 것 같다. 얼마 전부터 눈이 시리고 핏발 선 정도가 점점 심해지더니 아침에 일어나 눈을 떴을 때는 거의 뱀파이어였다. 혹시나 싶어 남편은 거울 앞에서 입을 벌리고 자신의 송곳니를 확인했다. 다행히 송곳니는 그대로였지만, 눈이 가렵고 눈곱까지 끼어 아내를 극도의 불안과 공포에 몰아넣었다.

결국 남편은 안과에 갔다. 병원은 최첨단 의료기기가 가득해 인공지능 알파고가 진료할 것 같았다. 의사는 아자 황 박사, 그러니까 이세돌과 대국할 때 알파고를 대신해 바둑을 둔 그 사람을 꼭 닮았다. 의사는 남편의 병명이 안구건조증이라고 한다. 남편은 즉각 반

발했다. 자신은 눈물이 많다고. 잘 우는 남자라고. 드라마를 봐도 울고, 우는 사람을 봐도 울고, 반가운 사람을 봐도 운다고. 책을 읽다가도 울고, 노래를 듣다가도 울고, 심지어 하품을 하다가도 운다고.

남편은 이런 생각을 한 적도 있었다. 자신은 온몸이 눈이다. 한 세상 울려고 온 사람이다. 이 세상의 모든 고통과 슬픔이 자석처럼 자신을 끌어당기므로 살면서 자신이 만나는 것은 그 어느 것이나 아프고 슬픈 것들이었다. 그러므로 우는 것이 자신의 일이었는데, 그런데 안구건조증이라니, 뭔가 진단을 잘못한 게 아니냐, 고 남편은 의사에게 물었다.

의사는 고개를 흔들었다. 영어 반, 의학용어 반으로 설명하는 의사의 말은 이해하기 어려웠다. 복잡하고 학술적이었다. 설명처럼 복잡하고 학술적인 치료를 기대했지만 실제 치료는 간단하고 원시적이었다. 의사는 남편의 눈꺼풀 테를 직접 손으로 쥐어짰다. 당연히 아팠다. 조금만 더 아팠으면 남편의 송곳니가 튀어나올 것 같았지만 간신히 참았다. 의사는 남편의 눈 주위를 거즈로 닦아 보여주었는데 노란색의 액체가 묻어 있었다. 이게 눈물을 막고 있었다면서. 당분간 인공눈물을 사용하고 눈을 쉬게 하고 모니터를 가능하면 보지 말라고 의사는 당부했다.

의사의 당부와 달리 남편은 사무실로 돌아오자마자 모니터를 보았다. 메일을 확인하고 몇 군데 회신했다. 우리는 아마 역사상 가장 빛을 많이 보는 인류가 아닐까? 사무실에서는 컴퓨터 모니터를 보고 집에 돌아와서는 TV 모니터를 본다. 언제 어디서나 휴대전화 화면을 본다. 우리의 눈은 뜨고 있는 동안 빛에 지속적으로 노출돼 있다.

조금 과장하면 사무실에서 일을 한다는 것은 곧 모니터를 보는 것이다. 모니터에 있는 숫자들과 그래프를 노려보는 일이다. 그 숫자들을 더 늘리거나 그래프를 끌어올릴 궁리를 하면서 말이다. 남편은 모니터를 보다가 밤 8시가 넘어서 사무실을 나왔다. 집으로 가는 차 안에서는 줄곧 휴대전화에서 눈을 떼지 못했다. 그것이 휴식이기라도 한 것처럼.

"병원에서 뭐래요?"

집에 갔더니 아내가 물었다. 안구건조증이라고 말하자 아내도 고개를 갸우뚱한다. 남편은 오늘 병원에서 의사가 해준 말을 기억나는 대로 아내에게 전해준다. 눈물에도 종류가 있다. 슬플 때 나오는 눈물이 있고, 평상시에 눈 안을 씻어주는 눈물이 있는데, 자신은 두 번째 눈물이 잘 안 나와서 눈이 충혈된 것이다.

전염되지 않는 안구건조증이라니 아내의 마음이 놓인 것일까. 아내는 저녁을 먹은 후 소파에서 책을 뒤적이고 있는 남편 곁에 앉는다. 남편의 손에서 책을 빼앗으며 아내는 눈을 곱게 흘긴다.

"눈을 좀 쉬게 해요. 그만 눈을 감아요."

남편은 아내의 잔소리에 따라 눈을 감는다. 깜깜하다. 죽으면 이렇게 사방이 깜깜하겠지. 1분쯤 어쩌면 5분쯤 지났을까. 아내가 눈을 감고 있는 남편의 얼굴을 만진다. 남편의 눈에서 흐르는 눈물을 닦아주면서.

"당신 우는 거야? 이렇게 눈물 많은 사람이 안구건조증이라니."

남편은 아무 말도 하지 않았다. 조금 전에 삐져나오는 하품을 참고 삼켰다는 사실도.

눈물 남 몰래 흐르는

58

눈치

버릇

나는 어릴 때 눈칫밥을 먹고 자란 것도 아닌데 자꾸 주위의 눈치를 보는 버릇이 있다. 몇 번인가 고치려고 애써본 적도 있었지만 번번이 실패했다. 눈치 보는 버릇을 고치려고 한 것도 결국 내가 눈치를 보기 때문이다. 눈치 보는 내 모습을 사람들이 안 좋아하는 눈치라서 말이다.

도서관

눈치라면 생각나는 이야기가 있다. 이 이야기는 워낙 유명한 이야기라서 아는 사람이 많을 것이다. 그날 나는 도서관에 있었다. 내 옆에는 CC, 그러니까 캠퍼스 커플이 나란히 앉아 공부는 안 하고 온갖 애정행각을 벌인다. 물론 그들도 장소가 도서관인지라 조심한다고 목소리를 낮추고 몸짓을 은밀히 했지만 사실 그러는 게 더 신경에 거슬린다. 내 맞은편에는 여친 없는 외로움과 스트레스를 오로지 열심히 공부하는 것으로 간신히 견디고 있는 예비역 선배가 있었다. 나는 선배가 마음에 걸렸다.

그는 '거꾸로 매달아도 국방부 시계는 간다'라는 군대의 격언이
라도 되새기는지 도서관 벽에 걸린 시계를 자주 쳐다보았다. 선배
는 주먹을 쥐었다 폈다 눈을 감았다 떴다 하면서 참고 또 참는다.
인내한다. 인내는 도저히 참을 수 없는 것을 끝내 참는 일이다. 그
러나 사랑의 속삭임과 웃음소리는 인내보다 강하다. 결국 그는 주
먹으로 책상을 쳤다.

"여가 어데 여관인줄 아나?"

CC를 포함해 도서관의 모든 학생들이 선배를 쳐다보았다. 단
한 사람 그러지 않은 사람이 있었다. 도서관 한쪽 끝에서 자고 있
던 다른 예비역 형이었다. 그가 부스스 일어나며 이렇게 투덜댔다.

"와? 좀 자면 안 되나?"

삼치 혹은 사치

언젠가 삼치구이를 먹으면서 한 정치인에게 들은 말이다. 정치인
은 삼치를 좋아하는데 그건 정치인에게 삼치의 미덕이 필요하기
때문이라고. 우선 부끄러움을 아는 염치가 있어야 하고, 위기 때
오히려 유머를 구사할 줄 아는 재치가 있어야 하고, 마지막으로 말
한마디를 해도 여운이 오래 남는 운치가 있어야 한다는 것이다. 그
말을 들으면서 나는 생각했다. 그런 것들도 중요하겠지만 정말 필
요한 것은 눈치가 아닐까. 정치인에게 국민과 역사를 두려워하는
눈치를 요구한다면 그것은 일종의 사치일까? 아무튼 그날 그 정치
인은 너무 말이 많았다.

공감

세계은행 김용 총재는 다트머스 대학교 총장 시절 한 인터뷰에서

눈치에 대해 이런 말을 한 적이 있다.

"눈치란 일종의 공감능력이다. 공감이란 단지 어떤 감정을 갖는 것이 아니다. 그것은 시작에 불과하다. 진정한 공감은 사람들이 왜 그런 일을 하고 있는지를 이해하는 것이다."

내일 봅시다

배 대리는 내일 휴가다. 연차를 하루 사용하겠다고 휴가 신청서를 오후에 제출했다. 그에게는 휴식이 필요하다. 유능하고 성실한 사람은 마치 자석 같아서 업무가 쇳가루처럼 그 사람에게로 몰린다. 원래 업무도 과중한데다 캘린더 배포 일까지 겹쳐 며칠 전부터 얼굴이 점점 판다를 닮아가고 있었다. 눈 아래 짙어진 다크 서클 때문에.

퇴근할 때 직장동료와 나누는 인사로 "수고했습니다", "들어가세요" 같은 말이 있지만 나는 "내일 봅시다"라는 말을 더 좋아한다. 그 말은 어쩐지 희망적이고 미래 지향적인 약속 같다. 야근을 하고 사무실 앞에서 헤어질 때 나는 평소처럼 배 대리에게 인사했다. "내일 봅시다." 그때 배 대리의 얼굴에 당황과 황당이 한꺼번에 나타났다. 나는 평소처럼 인사했을 뿐인데 배 대리는 왜 그런 표정을 지은 것일까? 집으로 오는 버스 안에서 계속 생각했지만 끝내 알 수 없었다.

눈

겨울에 계속 내리는 눈은 참 눈치가 없다. 눈 치우는 사람들 생각도 안 하고.

평판

내가 생각하는 자신과 남이 보는 내 모습에는 차이가 많다. 정반대인 경우도 있다. 종종 나는 눈치가 없다는 말을 듣는다. 억울한 심정을 아내에게 호소했다.

"여보, 사람들이 나보고 눈치가 없다고 하네. 당신은 어떻게 생각해? 당신이 생각하기에도 정말 내가 눈치가 없는 것 같아?"

아내는 펄쩍 뛴다.

"아니, 말도 안 돼. 어떻게 그럴 수가 있어?"

역시 누구보다 나를 가장 잘 아는 사람은 아내다.

"눈치가 없다는 걸 당신 지금까지 몰랐단 말이야? 아니, 사람이 어떻게 그럴 수가 있지?"

\# 눈치 나무 빠르거나 혹은 없거나

데이트

나는 꿈을 꾸었다. 원래 꿈을 꾸지 않거나 꾸었다 해도 잘 기억하지 못하는 내가 거의 매일 밤 꿈을 꾼다. 그러니까 이것은 모두 꿈이다.

대통령은 제4차 대국민담화를 발표했다. 이번이 4차니까 당연히 1차, 2차, 3차 담화가 있었다. 그때마다 나라가 시끄러웠다. 대통령은 점점 젊어지고 아름다워졌다. 처음에 그는 60대의 디그니티 있고 엘레강스하고 차밍한 여성이었지만 마치 시간이 거꾸로 가는 벤자민 버튼처럼 50대가 되고 40대가 되더니 마침내 10대의 소녀가 되었다. 고개를 숙이자 소녀의 머리에서 60대 다른 여자의 상반신이 튀어나왔다. 마치 영화 〈토탈 리콜〉에서 반군 중 한 명의 몸속에서 반군 지도자의 상반신이 나오던 것처럼. 어떤 때는 담화를 마치고 돌아서는 대통령의 등 뒤에서 아홉 사람의 얼굴이 웃고 있었다.

악몽 때문에 나는 소리를 질렀지만 입 밖으로 나오지는 못했다. 아내가 그런 나를 흔들어 깨웠다. 속옷이 온통 땀에 젖어있었다. 아내가 말했다.

"또 악몽을 꿨나 보네. 윗집 때문이야."

이번에 이사한 집은 층간 소음이 심했다. 이사 오고 며칠 동안은 잘 몰랐는데 밤이면 위층에서 어떤 소리가 계속 들려왔다. 윗집에는 여자 혼자 산다고 한다. 그런데 혼자 사는 집에서 나는 소리라고는 믿을 수 없는 소리들이 났다. 가령 누군가와 대화하거나 때론 다투는 소리도 났고 여러 명이 뛰어다니거나 일제히 웃는 소리도 들렸다. 무거운 물건을 들었다 놓았다 하는 소리도 들렸다. 물론 전화통화였을 수도 있고 손님들이 찾아왔을 수도 있다. 가구를 옮길 수도 있다. 가끔이라면 말이다. 그런 소리들은 거의 매일 들렸다.

처음부터 아내는 윗집 여자를 좋아하지 않았다. 우리가 이사 온 다음 날인가 음식을 해서 앞집과 아래윗집에 돌렸는데 그 집만 문을 열어주지 않더라는 것이다. 불도 켜져 있고 사람 소리도 들리는데 말이다. 기분 나쁜 거절이었다. 윗집의 소음이 날이 갈수록 심해지자 몇 번인가 망설이고 참다가 아내가 윗집에 올라갔지만 여전히 문을 열어주지 않았다. 인터폰을 눌러도 응답이 없었다. 분명 안에는 사람이 있는 것 같은데.

아파트 경비 아저씨께도 사정을 말하고 관리사무소에도 전화를 걸어 진정했지만 소용이 없었다. 그들도 그 윗집 여자 일이라면 두려워하며 속수무책이라고 했다. 공연히 자기들만 곤란해진다고. 먼저 살던 사람들도 계약기간이 한참 남았는데 그래서 결국 이사를 간 거 아니겠느냐고. 정 못 참겠으면 법으로 고소를 하시라고.

계속되는 불면과 악몽 때문에 늘 머리가 아프고 몸이 무거웠다. 아파트 계단 오르내리기도 힘들었다. 5층 아파트라 엘리베이터가 없다. 우리 집은 5층에 있어 위층도 윗집도 없다. 기분전환이라도 하려고 주말에 아내와 데이트를 했다. 아버지가 병석에 계셔서 주말마다 울산에 다녀오느라 아내와 단둘이 시간을 갖기는 오랜만이었다. 30년 전 우리는 처음 만났을 때부터 걷기 데이트를 좋아했다. 지금도 나는 '데이트'라고 하면 함께 걷는 것을 떠올린다. 토요일에도 출근하는 나는 오후 3시에 퇴근하여 광화문 교보문고 앞으로 갔다. 시청 앞에서부터 광화문까지 도로에는 벌써부터 사람들이 많았다.

아내와 나는 사람들 속에서 함께 걸었다. 류머티즘 관절염을 앓는 아내의 다리가 걱정이었지만 아내는 괜찮다고, 계속 걷고 싶다고 말했다. 날씨가 추웠지만 사람들 때문에 춥지 않았다.

옆에서 함께 걷는 사람들도, 반대편에서 지나치는 사람들도 눈이 마주치면 따뜻한 눈인사를 서로에게 건넸다. 시간이 갈수록, 어두워질수록 사람들은 점점 더 늘어났다. 손을 꼭 잡은 노부부, 아이를 목말 태운 아빠, 유모차를 끌고 나온 젊은 부부, 중·고등학생들, 직장인들, 수많은 사람들이 함께 걷고 있었다.

영화관이나 TV에서 보던 배우들도 보였다. 작가들도 보였다. 자주 가던 식당의 아주머니도, 아르바이트생도 있었다. 친구들도, 직장 동료들도 보였다. 벤자민 버튼도 반군 지도자도 있었다. 울산의 병원에 계셔야 할, 거동이 어려운 아버지도 걷고 있었다. 어머니도, 아이들도 있었다. 아파트 경비 아저씨도, 윗집 여자도 그리고 제4차 대국민담화를 발표하고 광장으로 내려온 대통령도 함께 걷고 있었다.

데이트는 역시 함께 걷는 것이죠.
걷는 속도와 보폭을 맞추어서 나란히 걷는 것.
물론 손을 잡거나 팔짱을 끼는 건
알아서들 하시겠죠.

데이트 함께 걸어요

# #
도넛

당은 주말에 더 빨리 떨어지는 것 같아. 토요일 아침에는 아주 단 도넛이 당기거든. 토요일에도 사무실에 출근해. 우린 토요일이 가장 바빠. 고객이 주로 직장 다니는 싱글이니까. 평일보다는 아무래도 시간 여유가 있는 주말에 상담하러 많이 오기 때문이지. 그러니까 당이 필요하지. 남들 쉬는 토요일에 출근하는 자신에게 뭔가 달콤한 당으로 위로해주고 싶거든.

토요일 아침 출근 전에 나는 사무실 근처 도넛 가게에 앉아 있었어. 통유리로 된 창가 자리에서 아주 단 도넛과 커피를 흡입하면서 말이야. 당이 몸 안으로 들어가자 기분이 한결 나아졌어. 비로소 시야가 넓어지고 주위를 둘러보게 되더라. 나는 보았어. 맞은편에 앉은 여자가 나를 보는 것을. 어쩌면 아까부터 지켜보고 있었는지 몰라. 눈이 마주치자 여자는 창 쪽으로 눈길을 돌렸어.

  언제나 의식이 문제야. 의식하기 전에는 여자가 거기 있었는지도 몰랐는데 한번 의식하고 나니까 보지 않아도 여자가 보여. 점점 뚜렷해지고 커져 가게 안이 여자로 채워져. 이 세계가 온통 그 여자로 채워지는 거야. 한번 의식하고 나면 계속 의식하게 돼. 커피를 마시는 동작도 책을 읽는 행동도 창밖을 보는 눈길도 뺨을 쓰다듬는 손짓도 모두 의식적이 되는 거야. 습관이고 버릇이었는데 부자연스럽고 어색해진 거지. 마치 카메라 앞에 선 것처럼 말이야.

  여자는 미인은 아니었지만 분위기가 좋았어. 책을 읽고 있었어. 무슨 책인지 궁금했지만 알 수는 없었어. 여자는 책에 집중하지 못했어. 마치 누군가를 기다리는 사람처럼 몇 줄 읽다가 고개를 들고 문 쪽을 보고 몇 줄 읽다가 창밖을 보고 또 보았어. 여자는 전혀 나를 의식하는 것 같지 않았어. 잠시 보고는 금세 관심의 스위치를 끈 것이 분명해. 눈빛을 보면 알 수 있거든. 가끔 여자가 내 쪽을 볼 때도 그 눈길은 내 너머를 보는 것 같았어.

  내 너머 통유리창 바깥에는 테라스가 있어. 주말 이른 아침 시간이라 거기엔 아무도 없었는데 유리를 가운데 두고 바로 내 옆자리에 한 남자가 와서 앉았어. 잠깐 남자와 나는 눈이 마주쳤어. 언제나 의식이 문제야. 의식하기 전에 내 옆자리는 그냥 하나의 풍경이고 정물이었는데 한번 의식하고 나니까 창밖은 온통 남자로 채워지는 거야. 보지 않아도 보여. 남자는 나와 나이가 비슷하거나 나보다 조금 많은 것 같았어. 티셔츠와 반바지 차림에 흰머리가 많았지만 얼굴은 젊어 보이고 어딘지 지성이 느껴지는 외모였어. 남자는 앉아서 에코 백에서 책을 꺼내 읽었어. 그러니까 창을 사이에 두고 안에는 여자가 밖에는 남자가 대각선으로 마주앉아 책을 읽고 있는 토요일 아침이었어.

두 사람은 서로를 의식하는 눈치였어. 내가 본 것은 고개 숙인 여자를 남자가 보는 모습과 책 읽는 남자를 여자가 보는 모습이 다였지만 그건 꼭 눈으로 보지 않고도 알 수 있었지. 그렇게 10분쯤 지났을까. 남자가 읽던 책을 덮고 자리에서 일어났어. 아주 느린 동작으로 말이야. 느린 동작에는 슬픔이 들어 있는 것 같아. 가령 영화 〈화양연화〉의 느린 화면처럼 말이야. 남자가 느리게 테라스에서 거리로 걸어가는 것과 동시에 여자도 갑자기 잊고 있던 약속을 떠올린 것처럼 가방을 챙겼어. 조용하고 민첩하게 그러나 느린 동작으로. 그때 여자가 읽고 있던 책을 보았는데 『사는 게 뭐라고』였어. 여자가 일어나서 도넛 가게를 나가자 나도 마음이 바빠져 서둘러 자리에서 일어났어.

가게 앞길은 사거리인데 여자는 남자가 간 길로 갔어. 나는 보았어. 남자가 언덕 끝에서 여자를 기다리는 것처럼 이쪽을 돌아보며 서 있는 것을. 여자는 그 남자에게로 가는 것처럼 종종걸음으로 걷는 것을. 그리고 둘이 서서 무슨 말인가를 몇 마디 주고받는 것을. 여자가 남자의 손을 잡는 것을. 남자가 돌아서서 여자와 나란히 걸어가는 것을. 문득 생각났다는 듯이 남자가 고개를 돌려 내 쪽을 바라보는 것을.

그러지 말았어야 하는데, 그럴 필요가 없었는데 나는 황급히 몸을 돌렸어. 갑자기 다시 떨어진 당을 보충하기 위해, 느린 동작으로 도넛 가게로 돌아가기 위해.

#도넛 토요일 아침의 달콤한 위로

# #
독서

나는 단테의 『신곡』을 읽고 있다. 이탈로 칼비노의 고전에 대한 정의 14가지 중 하나는 고전이란 사람들이 "나는 그 책을 다시 읽고 있어"라고 말하지 "나는 지금 그 책을 읽고 있어"라고는 결코 말하지 않는 책이다. 그런 의미에서 본다면 단테의 『신곡』은 그야말로 고전이다. 나는 단테의 『신곡』을 다시 읽고 있다.

　독서는 하나의 텔레파시다. 700년 전 이탈리아의 한 사람이 생각하고 느끼고 상상한 것을 2015년 한국의 한 인간이 자신의 집에서 생각하고 느끼고 상상한다. 물론 작가의 생각이 온전한 형태로 독자에게 전달되는 것은 아니겠지만 그럼에도 그것은 신기하고 경이롭다. 가끔 나는 운율과 라임을 맞추기 위해 같은 뜻을 가진 낱말들 가운데 어떤 단어를 고를지 고민하는 단테의 표정을 상상하며 즐거워한다.

　독서의 즐거움 중 하나는 발견하는 일이다. 이번에 『신곡』을 읽다가 이상한 부분을 발견했다. 내가 갖고 있는 책은 출판사 열린책들의 세계문학 시리즈로 2009년에 발간한 번역본이다. 연옥편 제12곡 88행부터 99행까지의 구절은 다음과 같다.

"하얀 옷을 입은 아름다운 창조물이,
마치 새벽 별이 떨리는 것처럼 보이는
얼굴로 우리를 향하여 다가오더니
두 팔을 벌리고 날개를 펼치며 말했다.
이리 오너라. 이 근처에 층계가 있다.
이제는 손쉽게 올라갈 수 있으리라.
이런 초대를 받고 오는 자는 드무니,
오, 위로 날기 위해 태어난 인간들이여,
왜 그렇게 약한 바람에도 떨어지는가?
천사는 우리를 암벽이 갈라진 곳으로
인도하여 거기에서 날개로 내 이마를 쳤고
나에게 안전한 길을 약속하였다."

번역본에는 천사의 말이 두 행, 그러니까 "이리 오너라. 이 근처
에 층계가 있다. / 이제는 손쉽게 올라갈 수 있으리라"로 되어 있

다. 그러나 이어지는 뒤의 세 행 역시 천사의 말이어야 문맥상으로 자연스럽다. 아마 어떤 실수나 착오로 그 문장은 천사의 말에서 떨어져 나온 것이 아닐까?

책이 많은 것은 아니지만 장서에 비해 집이 좁은 편이라 책을 나누어 보관한다. 대부분의 책은 작은방에 있고 안방과 거실에는 일부가 있다. 나는 거실 책장에서 책등이 근사한 장식용 영문판을 꺼내본다. 그것은 브리태니커에서 나온 그레이트북스 중 한 권이다. 거기에는 내 추측대로 뒤의 세 행도 천사의 말로 들어가 있다. '역시 그렇지.' 나는 내 발견을 아내에게 떠벌렸다. 얼굴 가득 교만한 웃음을 지으며.

아내는 안방으로 가더니 책을 한 권 꺼내왔다. 그것은 동화출판공사에서 1970년 초판 인쇄한 컬러판 세계의 문학대전집 중 한 권이었다. 세로쓰기로 되어 있어 요즘엔 읽지 않는 책인데 그곳에도 천사의 말은 열린책들 판과 같이 두 행만 큰따옴표 속에 들어 있다. 아내는 '이번 번역에 사용한 원본은 바오로 출판사의 1965년 판과 누오바 이탈리아 출판사의 1968년 판을 취하였다'고 적혀 있는 서지정보를 읽어준다. 김이 살짝 샌다.

아내는 작은방에 있는 민음사 번역본도 확인해 본다. 역시 천사의 말은 두 행으로만 되어 있다. 그 책은 번역과 주해를 위해 이탈리어 판으로 움베르토 보스코와 조반니 레조가 주해를 단 판본과 주세페 반델리가 주해를 단 판본을 참고했다고 한다. 나는 아내에게 투덜댄다.

"그래도 브리태니커가 틀릴 수는 없잖아."

아내가 베아트리체처럼 웃는다.

"이건 맞고 틀리고의 문제가 아닌 것 같아. 단테가 직접 쓴 원고가 있는 것도 아니고 인쇄된 판본이 나오기 전인 14세기, 15세기에 이미 수많은 필사본이 있었다잖아. 지금까지 발견된 것만 해도 800종이 넘는다면서요. 무려 800종이."

　인터넷에서 영문본과 이탈리아어본도 확인했지만 아내의 말처럼 여러 판본이 있었다. 뒤의 세 행이 천사의 말에 포함된 것도 있고 아닌 것도 있었다. 그러나 『신곡』 연옥편 제12곡에 교만으로 인한 벌을 받는 자들이 나오는 내용은 모든 판본이 같았다. 그렇게 그 구절은 내게로 왔다. 마치 천사가 교만한 내게 주는 말처럼.

　"이런 초대를 받고 오는 자는 드무니, 오, 위로 날기 위해 태어난 인간들이여, 왜 그렇게 약한 바람에도 떨어지는가?"

　아내는 가을볕이 좋으니 책은 덮고 이불을 널자고 한다. 마치 천사가 날개를 펼치는 것처럼 두 팔을 벌리며.

#독서　천사가 주는 말을 발견하는 일

# #
두근두근

또 '안다' 형
스무 살 무렵 나는 '안다' 형을 따라 낚시하러 간 적이 있다. 낚시에
전혀 관심이 없다는 나를 옆에서 책이나 읽으라며 형이 데려간 것
이었다. 형은 당시에도 이미 베테랑 낚시꾼처럼 낚시에 대해서라
면 모르는 것이 없어 보였다. 어디에 자리를 잡아야 하는지, 미끼
는 어떤 걸 쓰는 게 좋은지 형은 가르침에 열심이었는데 나는 귓등
으로도 듣지 않았다. 그런데도 그날 형은 허탕을 쳤고 나는 제법
큰 물고기를 낚았다. '안다' 형이 아는 체를 했다.
"초심자의 행운이다."

초심자의 행운
초심자의 행운이란 것이 있다. 운동이든 도박이든 처음 하는 사람
에게 깃드는 행운. 규칙도 제대로 모르는 초짜가 경기에서 이기고
도박에서 돈을 딴다. 회사에서도 마찬가지다. 획기적인 아이디어
를 내거나 회사의 문제점을 발견하는 사람은 입사한 지 얼마 안 되
는 신입사원이다. 왜 그런 것일까? 초심자에게는 행운의 여신이

인큐베이팅이라도 하는 것일까? 그 분야에서 잘 적응할 수 있도록 수습기간을 주고 멘토링을 하는 것일까?

두근두근

초짜이기 때문이다. 모든 것이 낯서니까 긴장하고, 주의 깊게 관찰하고, 고정관념과 선입견으로부터 자유로울 수 있다. 초짜는 모르니까 용감하다. 현재가 항상 최선은 아니지만 현재에는 관성이 있다. 문제가 여전히 계속 되고 있는 데에는 수없이 많은 이유가 있다. 그것도 상당히 설득력 있는 이유가. 초짜는 그 이유를 전혀 모르니까, 그런 이유들에 설득당한 적이 없으니까 문제를 제기한다. 초짜에게는 일종의 면책특권이 있다. 책임으로부터 자유롭다. 모르니까, 경험이 없으니까, 이야기해볼 수 있고 새로운 방식으로 시도해볼 수 있다.

무엇보다 초짜의 설렘이라는 게 있다. 두근거림, 흥분, 살아 있다는 생동감. 그런 것들이 초심자의 얼굴을 생생하게 만든다. 볼을 발갛게 물들이고 눈을 반짝이게 하는데 그런 표정이 사람들의 호감을 산다. 행운의 여신 마음을 흔들어 자신을 돕게 만든다. 행운을 끌어당긴다. 그러니까 두근거리고 설레는 마음이야말로 초심자의 행운이다.

타이밍

그때는 맞고 지금은 틀리다. 그때는 틀리고 지금은 맞다.

적응

행운의 유효기간은 짧다. 일정 기간이 지나면 사라진다. 그 누구라도 영원히 초보자로 있을 수는 없으니까. 유능한 사람일수록 환경에 적응이 빠르니까. 적응한다는 것은 부조리하고 불합리한 것에, 문제라고 봤던 것에 그것의 변명을 듣고 핑계를 듣고 설득당하는 일이니까. 그것을 내면화하는 일이니까. 어느새 자신도 그 중후한 관행의 목소리를 갖게 되는 일이니까. 관행은 평화롭고 안정감이 있다. 무엇보다 그것은 예측 가능한 세계다. 익숙해지고 능숙해지면 낯선 상황을 피한다. 익숙한 사람만 만나고 능숙한 것들만 한다. 잘 알고 잘 하니까. 잘 아는 것에 대해서만 말하고 잘 하는 것만 반복해서 한다. 그러는 사이 두근거림, 설렘, 가슴 뜀, 아름다운 불안, 창조적 긴장은 사라지고 평화로운 관행이 권위를 갖게 된다.

날마다 두근두근

바이올리니스트 김수연은 한 인터뷰에서 이렇게 말했다.
"저는 아무리 많이 연주를 해도 경험치가 쌓이거나 나아지는 기분이 들지 않아요. 매 연주가 새롭고, 항상 떨리고 긴장돼요. 얼마 전에 했으니까 이번에는 편하게 할 수 있어, 이런 마음이 든 적이 한번도 없어요. 바흐도 어제 연습을 많이 했다고 오늘 편안하고 더 쉽게 되고 그런 게 없어요. 매일 새롭고, 다시 출발점으로 돌아가 시작하는 기분이고, 매일 새로운 한계에 부딪히고 그래요."

미끼를 물었다

몇 년 전 '안다' 형을 만났을 때 그는 지금도 낚시를 한다고 했다. 비가 오나 눈이 오나 주말이나 휴일에 낚시를 간다고. 그 준비를 하느라 평일을 견딘다고. 그러면서 형은 이런 말을 했다.
"예전에 언젠가 너 나 따라 낚시 간 적 있었지. 그때 네가 제법 큰

놈을 잡지 않았나? 내가 낚시를 처음 했을 때는 말이야, 그때 네가 잡았던 것보다 훨씬 큰 녀석을 잡았어. 월척이었지. 맞아, 초심자의 행운이었어. 그런데 지금 생각해보면 말이야, 월척은 나였던 거 같아. 낚시의 신이 던진 낚싯줄에 걸려든 물고기였던 것 같아. 내가 미끼를 물었던 거지. 어때? 이번 주말에 나 따라 낚시 안 갈래?"

#두근두근 초심자의 행운

# #
뒤주

아버지, 저는 어려서부터 아버지 사랑을 받지 못했어요. 물론 태어날 때는 관심과 기대를 받았겠지요. 그것이 사랑이었을까요? 그저 제게는 감당하기 어려운 부담이었습니다. 아버지는 일찍 저를 가르쳤습니다. 조기 교육이었지요. 아버지 시절과 비교하면 저는 좋은 환경에서 자랐습니다. 교복인 청금을 입고 연두건을 쓰고 아무 걱정 없이 공부만 하면 되었지요. 감사한 일입니다만 공부가 그리 즐겁지만은 않았습니다. 아버지는 칭찬에 인색했고 가끔 아들이 이룬 작은 성취를 칭찬하기 보다 더 큰 성취를 이루지 못한 점을 개탄했으니까요.

아버지, 제가 머물던 저승전 후문인 융효문 바깥에는 군물고가 있잖아요. 무기들을 가까이에서 자주 볼 수 있었어요. 손재주 좋은 한 상궁이 종이나 나무로 칼과 활을 만들어주고 무예도 가르쳐 주었지요. 어느 날 마당에서 어린 나인들과 장난감 칼을 갖고 노는 저를 보고 물었지요.

"그래, 공부는 다 하고 노는 것이냐?"

저는 "네"라고 대답하였지만 아버지는 미간을 찌푸리고 혀를

찼습니다.

"공부에 끝이 없거늘 어찌 그리 가볍게 말하느냐."

아버지가 그러실수록 저는 공부에 흥미를 잃었습니다. 책만 펴면 머리가 어지럽고 정신이 아득해졌습니다. 지금처럼요.

아버지는 참 검소한 분이지요. 침전에는 명주 이불 한 채와 요 하나가 전부였고 잡곡밥과 거친 소찬을 즐기고 항상 소식하였으니까요. 아버지와 달리 저는 식탐이 많은 아이였습니다. 할머니는 저를 아끼시어 맛난 음식이 있으면 항상 챙겨 주셨는데 이 뒤주 속에 있으니 그 음식들이 하나하나 떠오르네요. 아버지는 제가 항상 많이 먹는다고 못마땅해 하셨지요. 많이 먹었으니 배가 나오는 것은 당연한 이치가 아니겠습니까? 하지만 아버지는 제 배를 두고 신하들 앞에서 이렇게 놀리셨지요.

"이 아이의 배를 한번 보시오. 지난번 가마 탈 때 보니까 가마가 좁아서 타지 못하더군요. 내가 서른 살 무렵까지 타던 가마였는데 이제 겨우 열두 살 아이가 말이오."

아버지는 눈물의 임금입니다. 자주 우셨지요. 곡식 낟알 하나하나가 모두 일하는 이의 고생 속에서 생산되며 실 한 올 한 올이 가난한 여자의 손에서 나온 것이니 어찌 잔인하지 않겠는가 하며 백성을 걱정하고 민간의 고통을 가여워 하였습니다. 그런데 어찌 자식의 고통 앞에서는 이처럼 냉정한 것입니까?

아버지는 제 옷차림에 대해서도 못마땅해 했습니다. 살이 있으니 아무래도 옷이 잘 안 맞았겠지요. 단정하게 입어도 어딘지 반듯하지 못해 보였겠지요. 그러면 그것을 두고 또 비난했습니다. 저는 점점 눈치를 보고 두려워하는 마음이 생겨 옷을 입을 때면 예민해져서 몇 번이나 옷을 벗어버렸습니다.

아버지, 왜 하필이면 뒤주인가요? 형벌은 반드시 죄목과 연동되니까, 목을 베거나 사지를 찢거나 사약을 내리면 그것이 역모죄의 형벌이니까, 저의 역모죄를 피해야 제 아들에게 '역적의 자식'이라는 낙인이 찍히는 걸 막을 수 있으니까, 어느 법전에도 없는 형벌로 죽이려 한다는 말씀은 하지 마세요. 그렇다면 관에 가둬 죽여도 되잖아요. 이게 뭐예요. 앉지도 눕지도 못 하고 이 거구의 몸을 비좁은 뒤주 속에 어떻게 넣어요. 못 먹는 건 참는다 쳐요. 똥오줌은 어떻게 해요? 일국의 왕자인데, 아내와 아들이 있는 가장인데, 문명인인데. 이 윤 5월 무더운 여름 날씨에. 이런 모욕이 어디 있습니까?

아버지, 이거 다 쇼죠? 한 며칠 가둬두면 중신들이며 종친들이 간청할 테니 그때 못 이기는 척하고 풀어주려는 거죠? 제발 그러지 마요. 이런 전시 행정, 정치 쇼 이제 식상해요.

자식을 있는 그대로 인정하는 것이 그렇게도 어려웠나요. 경전을 읽는 것보다 시 짓고 그림 그리고 말 타고 활 쏘는 것을 좋아하는 아들의 모습을 받아들이는 것이, 먹는 것을 좋아해서 뚱뚱해진 자식의 모습을 받아들이는 것이 그렇게 힘들었나요. 말해 봐요. 저한테 왜 그랬어요? 저는 한 번도 아버지의 모습을 제 틀에 맞추고자 하지 않았어요. 아버지의 감정 기복도, 콤플렉스도, 식성과 기호도 그대로 받아들였다고요. 그런데 아버지는 어째서 저를 인정하지 않고 계속 아버지의 기대와 욕심에 가두려 하셨나요? 제 기질과 식성과 재능을 아버지의 뒤주 속에 가두려 하셨습니까?

아버지, 나 뒤주 속에 있어요. 벌써 7일째라니까. 아버지, 나 잊으면 안 돼.

뒤주 부모의 기대와 욕심

# #
마스크

사람마다 그 사람만의 고유한 패션 아이템이 있다. 모자라든지 선글라스라든지 스카프라든지. 그런 아이템을 오래 하다 보면 어느새 그 사람의 외모나 분위기가 그것과 어울리게 된다. 가령 안경을 쓰는 사람의 얼굴은 안경 친화적 외모가 된다. 안경과 어울리는 얼굴로 조금씩 변하는 것이다. 그래서 안경을 쓰는 사람이 안경을 벗으면 좀 어색해 보인다. 그런 의미에서 보면 나는 마스크 친화적 외모라고 할 수 있다.

나는 천식이 있어 마스크를 자주 사용한다. 찬 공기는 기침을 유발하는데 기침을 심하게 하면 기관지에 염증이 생기는지 금세 숨소리가 거칠어지고 호흡이 힘들어진다. 발작이 나 숨이 가빠지면 마치 100미터를 전력으로 질주한 다음 한 손으로 코를 막고 1미터쯤 되는 가늘고 긴 빨대를 입으로 물고 숨을 쉬는 것 같다. 마스크를 사용하면 찬 공기를 차단하는 데 도움이 된다. 한여름에도 에어컨 바람 때문에 늘 마스크를 사용한다. 그랬더니 마스크와 잘 어울리는, 마스크 친화적 얼굴이 되고 말았다.

마스크는 우선 내 납작한 코와 지저분한 수염을 가려준다. 아울러 고집스러워 보이는 광대뼈와 푹 꺼진 볼을 감춘다. 어수선했던 얼굴이 한결 정돈된다. 원래 내 눈은 작아서 존재감이 없었는데 마스크를 쓰면 눈만 남기 때문에 크고 뚜렷해 보인다. 마스크에 어울리기 위해 눈이 조금 커진 것이다. 허전했던 대머리와 이마도 마스크와 대구를 이루는데, 탈모 역시 마스크와 수미쌍관의 형식미를 완성하기 위해 빨리 진행된 것이다.

나는 버스에 탄 승객을 보았다. 그들 중 몇은 마스크를 쓰고 있다. 물론 나만큼 잘 어울리지는 않지만. 최근에 마스크 친화적 외모를 가진 사람들이 갑자기 증가한 것일까. 라디오에서는 메르스라는 중동호흡기증후군에 대한 뉴스를 쏟아낸다. 사망자와 감염자와 격리 대상자의 수를 발표한다. 몇 군데 혹은 몇 십 군데 혹은 몇 백 군데의 유치원과 초·중·고와 대학교에 휴교령이 내려졌다고 한다. 세상엔 온통 메르스에 대한 공포가 창궐하고 있다.

천식에 걸리기 전에도 나는 마스크를 쓴 적이 있다. 젊었을 때 자동차 부품 만드는 공장에서 일한 적이 있는데 그곳에서 나는 기계를 한 대 맡아 전기 용접을 했다. 용접할 때 나오는 불꽃 때문인지 코밑이 검게 그을었다. 나는 그것이 비위생적으로 보였다. 또 코밑에, 그러니까 콧구멍 주위로 그을음이 있으면 사람이 〈한바탕 웃음으로〉의 '봉숭아학당'에 나오던 영구처럼 보였다. 원래 작업 규정의 안전 수칙에는 마스크를 착용하게 되어 있었지만 그걸 쓰는 선배나 동료는 아무도 없었다. 나는 원칙대로 하고 싶었다. 조금 귀찮고 불편해도 위생적이고 안전한 것을 택하는 것이 문명인의 자세가 아닌가. 막상 마스크를 써보니 그다지 불편하지 않았다. 확실히 코밑에 그을음 같은 건 묻지 않았다.

그런데도 나는 이틀 정도 쓰고는 마스크를 벗어버렸다. 내가 쓴 마스크가 선배와 동료의 비위생과 규칙 위반을 지적하는 것처럼 보였다. 그러나 무엇보다 그것이 일종의 격리처럼 느껴졌기 때문이다. 마스크 없이 일하고 있는 선배와 동료에 대한 거부와 단절처럼 느껴졌기 때문이다. 그들로부터 내가 격리되는 것처럼 느껴졌기 때문이다. 나는 마스크를 벗고 다시 코밑에 그을음을 가득 묻힌 채 선배나 동료들과 눈이 마주치면 웃었다. 〈봉숭아학당〉의 영구처럼.

　지금도 내가 쓴 마스크가 그런 역할을 하는 게 아닐까. 버스 안을, 세상을 감염지역으로 보고 승객을, 타인을 잠재적 감염자로 배척하고 격리하는 것은 아닌가. 나는 천식 환자이지만, 마스크 친화적 외모를 자랑하는 사람이지만, 결국 마스크를 벗는다. 날것의 공기가 콧구멍 안으로, 기관지로, 폐로 마구 쏟아져 들어온다. 신선하다. 그런데 콧구멍 안이 간지럽다. 코의 점막이 자극을 받아 발생하는 경련성 반사 운동이 일어날 것 같다. 나는 손으로 코와 입을 막으려고 했으나 재채기는 나보다 빨랐다. 횡경막과 복부 근육이 급격하게 수축하더니 내 몸 안의 공기를, 코와 입 안의 분비물과 함께 몸 바깥으로 강하게 발산한다. 버스 승객들이 일제히 내 쪽을 본다. 걱정스러운 눈으로, 경계하는 눈으로, 비난하는 눈으로. 나는 영구처럼 웃어 보인다. 그리고 다시 마스크를 쓴다.

만약 〈마스크 맨〉이라는 히어로물이 만들어진다면
저도 오디션을 한번 보고 싶습니다.

마스크 나를 격리하거나 세상을 격리하거나

# #
말씀

대화

나는 말을 잘 못 한다. 만일 퇴근할 때 엘리베이터에서 동료를 만났다고 하자. 그는 회사에 입사한 지 아직 1년이 지나지 않은 신입이다. 그날따라 엘리베이터 안에는 신입과 나 둘 뿐이다. 목례를 나누었지만 뭔가 부족하다는 걸 나는 느낀다. 침묵은 어색하다. 이런 경우 침묵에는 호의가 없는 것 같다. 엘리베이터 네 귀퉁이 중 대각선으로 양 끝에 서 있는 그와 나 사이를 천사가 지나가고 또 지나간다. 신입의 얼굴은 엘리베이터 불빛 때문이지 어둡고 무표정하다. 나는 뭔가 한마디 말을 건네고 싶다. 무슨 말을 해야 하나. 미국 트럼프의 입국 금지령이나 한반도 사드 배치에 대한 의견을 물어볼 수는 없겠지만 그렇다고 '지금 퇴근하나 봐요?'처럼 내용도 의미도 없는 말을 하는 것은 너무 무성의하지 않은가.

    나는 그가 사는 곳을 물어본다.
    "어디 사세요?"
    "방배동에 삽니다."
    "회사랑 가깝네요."

"네."

신입의 얼굴에 살짝 생기가 도는 것 같다. 나는 JTBC 〈뉴스룸〉처럼 '한 걸음 더 들어가 보기'로 한다.

"부모님과 함께 사세요?"

"아닙니다. 부모님은 대전에 계시고 전 동생과 함께 살아요."

내 호의와 관심이 전해진 것일까? 몇 마디 가벼운 질문을 주고받았을 뿐인데 신입의 얼굴이 환하게 밝아진다. 심지어 나를 보고 생글생글 웃는다.

응

언젠가 나는 얼굴을 본 적도 없는 거래처 회계 담당 직원과 통화할 때 그가 '네'라는 말 대신 '응'이라 답하는 게 그렇게 듣기 좋아서 자주 전화를 걸곤 했다.

요시다 겐코가 쓴 『도연초』에 이런 구절이 있다.

"아침저녁으로 아무 거리낌 없이 지내던 사람이 사소한 일에 조심성 있게 격식을 차리는 모습을 보이는 때는 '새삼스럽게 뭘 그럴 필요가 있을까'라고 생각하는 사람도 있겠으나 그래도 역시 성실해 보이고 훌륭한 사람으로 느껴진다. 마찬가지로 별로 친하게 지내지 않던 사람이 우연한 기회에 생각지도 않게 허물없이 말을 걸어 올 때도 호감을 갖게 된다."

나는 후자에게 더 호감을 느끼는 편이다. 별로 친하게 지내지 않던 사람이 불쑥 어깨를 친다든지, 스스럼없는 농담을 던지든지, 가까운 사이에서만 함직한 핀잔을 준다든지 하면 내 마음에서도 와락 정이 솟는다.

사야

추사 김정희의 글씨 중에 '사야史野'라는 예서 현판 글씨가 있다. 『완당 평전』에서 유홍준은 '사야'를 『논어』에 나오는 군자의 모습으로 '세련됨과 싱싱함'이라고 했다. 올해 들어 나는 『논어』를 다시 읽기 시작했는데, 논어는 고전이고 고전이란 이탈로 칼비노의 정의처럼 "처음 읽으면서도 반드시 다시 읽고 있다고 사람들에게 말하는 책"이기 때문이다. '사야'는 『논어』 '옹야편'에 나온다.

공자가 말씀하셨다.

"질이 문보다 승하면 '야', 문이 질보다 승하면 '사', 문질이 빈빈한 뒤에 '군자'이다.子曰, 質勝文則野, 文勝質則史, 文質彬彬, 然後君子. 바탕이 장식보다 강하면 야인처럼 되고, 장식이 바탕보다 강하면 문서를 다루는 관리처럼 될 것이다. 장식과 바탕이 잘 조화를 이룬 다음에 비로소 군자가 되는 것이다."

해석을 보면 '야'나 '사'는 부정적으로 쓰인 것 같지만 나는 유홍준 선생의 설명 쪽에 기운다. 어쩌면 저 말은 군자의 말과 관련이 있는지 모른다. 말의 질박함과 진솔함이 격식을 누르면 싱싱해지고, 말의 논리와 구성이 정연해서 내용의 질박함을 누르면 세련되어진다. 진솔함과 격식이 잘 어우러지면 비로소 싱싱하고 세련된 군자의 말이 되는 것이다.

높낮이 자동조절

말의 높임말은 말씀이다. 말의 낮춤말 역시 말씀이다. 상대의 말을 말씀이라 하면 높이는 것이고 내 말을 말씀이라고 하면 낮추는 것이다. 그러니까 말씀은 2단 높낮이 자동조절 낱말이다. 너에게 가면 말씀은 저절로 높아지고 나에게 오면 말씀은 알아서 낮아진다.

너의 말은 높여서 경청하고 내 말은 낮추어 낮은 목소리로 하라는
것일까.

대화
신입이 나를 보고 생글생글 웃는데 그 웃음의 여운이 좀 묘하다.
"왜 웃어요?"
"아니에요."
어느새 내 말은 높아진다.
"뭐가 아닌데요?"
신입의 목소리가 낮아진다.
"똑같은 질문과 대답을 저번에도 했거든요."
요즘처럼 납득하기 어려운 상황을 보면 대개 이렇게 말한다.
"말이 안 된다. 나는 말이 안 된다."

말씀 높낮이 자동조절

# #
맛

중국집에 가면 나는 항상 우울하다. 짜장면을 먹고 싶기 때문이다. 짜장면을 먹고 싶으면 짜장면을 먹으면 되지 않는가, 라고 생각하겠지만 그것이 그렇게 간단치 않다. 살면서 그동안 내가 겨우 얻은 진리가 하나 있다면 그것은 아무리 쉽고 단순해 보이는 일도 알고 보면 '그렇게 간단치 않다'는 것이다.

로버트 프로스트의 시 「가지 않은 길」에는 이런 구절이 있다.

"노란 숲 속에 길이 두 갈래로 났었습니다.

나는 두 길을 다 가지 못하는 것을 안타깝게 생각하면서,

오랫동안 서서 한 길이 굽어 꺾여 내려간 데까지,

바라다볼 수 있는 데까지 멀리 바라다보았습니다."

우리의 몸은 하나기 때문에 숲 속에 난 두 갈래 길을 동시에 다 갈 수는 없다. 한 길을 선택해야 한다. 한 길을 취하고 다른 길을 버려야 한다. 그렇게 가지 않은 길에 대해서는 안타까움이 생기게 마련이다.

만일 프로스트가 점심을 먹기 위해 중국집에 갔다면 그 역시 우울했을 것이다. 중국집에도 두 갈래 길이 나 있다. 짜장면과 짬뽕.

90

한 번에 두 가지 음식을 다 먹을 수는 없다. 짜장면이 검다면 짬뽕은 붉다. 짜장면이 달콤하다면 짬뽕은 매콤하다. 둘 다 맛있다. 짜장면을 취하면 짬뽕이 아쉽고 짬뽕을 택하면 짜장면이 안타깝다.

중국집에서는 최상의 선택이란 없다. 생각해보면 선택이란 그렇게 간단치 않다. 숲 속에는 두 갈래 길만 있는 것이 아니라 세 갈래, 네 갈래 길도 있다. 더 많은 여러 갈래 길이 있다. 우리는 언제나 최선의 선택을 하려고 애쓰지만 그럴 가능성은 낮다. 확률상 최상이나 최선은 우리가 취한 것보다 우리가 버린 것 속에 있을 가능성이 훨씬 높다. 우리가 선택하는 것은 언제나 하나지만 선택할 수 있었던, 그러나 결국 선택하지 않았던 것은 여럿이기 때문이다.

짜장면을 주문하려고 하면 짬뽕이 떠오른다. 짬뽕은 닭이나 돼지 뼈로 육수를 낸 국물에 고춧가루나 고추기름을 써 얼큰하고 매콤한 맛이 난다. 붉은 국물 속에는 돼지고기와 칼집을 낸 갑오징어, 새우, 홍합, 해삼, 소라 같은 각종 해산물과 표고버섯, 죽순, 양송이버섯, 청경채, 양파, 생강, 마늘 같은 것들이 더 이상 들어갈 수 없을 정도로 가득 들어 있다.

이번에는 짬뽕을 먹으려고 결심하면 짜장면이 유혹한다. 삶은 국수 위에 짜장이 덮여 있다. 짜장에는 돼지고기 간 것과 파, 생강, 양파, 호박 등 여러 가지 다진 야채가 춘장에 버무려져 있다. 고명으로 오이채, 지단, 삶은 새우 그리고 완두콩이 올려져 있다. 역시 짜장면을 주문해야 할까?

나는 중국집에 가면 항상 우울하다. 짜장면을 먹고 싶지만 짬뽕도 먹고 싶기 때문이다. 대개 토요일 점심에는 동료들과 함께 사무실 근처 중국집에 간다. 지난주에도 중국음식을 먹으러 갔다. 그때 나는 이 '중국집의 우울'에 대한 이야기를 꺼냈다. 그러자 동료 중 누군가가 피식 웃었다. 간단한 해결책이 있다고. 짬짜면을 먹으면 된다고. 반으로 나뉜 그릇에 짜장면과 짬뽕을 반씩 담아내는데 그걸 먹어 본 적이 있느냐고. 나는 그 동료에게 말했다.

"그게 그렇게 간단치 않다. 물론 나는 짬짜면이란 걸 먹어본 적이 있다. 그런데 그걸 먹어보면 오히려 짜장면이나 짬뽕만 한 그릇 먹는 것보다 못한 맛이었다. 왜 그럴까?"

내 가설은 이렇다. 짜장면이 정말 맛있는 것은 짜장면을 먹을 때가 아니라 짬뽕을 먹으면서 짜장면을 그리워할 때다. 역시 짬뽕이 정말 맛있는 것은 짬뽕을 먹을 때가 아니라 짜장면을 먹으면서 짬뽕을 그리워할 때다. 그리움이 맛에 대한 기억을 강화한다. 그런데 짜장면과 짬뽕을 반씩 담아 한 그릇으로 먹으면 그 그리움이 없어진다. 그러니 맛이 있을 턱이 없다.

나는 옛날에 '안다' 형에게서 '사과를 가장 맛있게 먹는 방법'에 대해 들은 적이 있다. 그것은 사과 한 알을 다 먹는 게 아니라 딱 한 입만 베어 먹는 것이다. 남은 사과를 보며 '저걸 다 먹으면 얼마나 맛있을까' 그리워하면서 말이다.

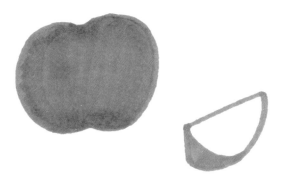

내 가설에 동료들은 모두 공감하는 눈빛이다. 심지어 동료 중 한 명은 감탄하기까지 한다.

"그렇군요. 그래서 지금 짜장면을 춘장까지 싹 다 드신 거군요."

맛 먹지 않은 음식에 있다

# #
매너

늘은 밤 광역버스는 고요하다. 그런 날이 있다. 피곤해서 아무 것도 하기 싫은 날. 책도 스마트폰도 보기 싫고 음악도 듣기 싫고 조용히 창 밖의 어둠만 바라보게 되는 날. 본다기보다 그쪽으로 눈만 두고 멍하니 있는 시간. 다들 그런 시간을 보내는 중인지 버스 안은 조용했다. 버스 안이 고요하다는 사실을 깨달은 건 옆자리에서 나는 소리 때문이었다. 부스럭. 그 소리가 조녀선 사프란 포어의 소설 제목처럼 '엄청나게 시끄럽고 믿을 수 없게 가까운' 소란으로 들렸다. 그건 버스 안이 조용해서이기도 하겠지만 옆자리 남자가 조심해서이기도 하다. 소심한 움직임이 더 신경 쓰이는 법이다.

　나는 안 보려고 했다. 소리 나는 쪽으로 돌아보는 것이 자연스러운 일이라지만 나는 고개를 돌리지 않으려고 했다. 아무리 옆자리라 하더라도 사생활을 침범하는 것 같아 안 보려고 애썼다. 대신 나는 상상한다. 남자는 오늘 삼시세끼 중 한끼도 제대로 먹지 못했다. 아침엔 커피만 한 잔 했고 점심은 회의발표 준비 때문에 샌드위치 한 조각을 먹었을 뿐이다. 그나마 맛도 모르고 삼켰다. 남자는 열 시에 일을 마치고 집으로 돌아가는 길이다. 아까부터 허기가

졌다. 집에 가서 라면이라도 먹을 생각을 하며 절박한 허기를 달래는 중 옆자리에 앉은 민머리 남자, 그러니까 나를 보자 문득 가방 안에 넣어둔 견과류 봉지가 떠올랐다. 버스 안에서 먹어도 될까. 뭐 어때? 냄새가 나는 것도 아닌데. 소리가 시끄럽지 않을까? 덜컹거리는 버스 안에서 소리가 나면 얼마나 나겠어. 남자는 천천히 가방의 지퍼를 연다.

보지 않고 듣기만 할 때 상상은 거대해진다. 내 머리처럼 생긴 견과류가 남자의 이에 부서지고, 부서진 파편이 남자의 입 속 상피세포에 마구 부딪히고, 그것들이 혀의 리드미컬한 움직임에 따라 침의 쓰나미와 섞이고, 마침내 식도의 폭포 아래로 떨어진다. 남자는 질소가 전혀 들어있지 않은 봉지 속 하루 권장 섭취량의 견과류를 가루까지 먹는다. 다 먹은 빈 봉지를 접는다. 한 번, 두 번, 세 번. 더 이상 접히지 않을 때까지 접는다. 다 접은 봉지를 남자는 가방 속에 넣는다. 부스럭. 회복탄력성 높은 봉지는 원래의 제 모습으로 돌아가기 위해 기지개를 켠다. 남자는 가방의 지퍼를 열고 그 봉지를 꺼내어 접는다. 한 번, 두 번, 세 번.

남자는 치아 건강에 유난히 신경을 쓰는 사람이다. 항상 칫솔과 치약을 휴대하고 다닌다. 식사를 마치면 대개 3분 이내에 양치를 한다. 그에게는 양치질 강박이 있다. 그렇지만 버스 안에서 양치를 할 수는 없다. 남자는 이와 잇몸 사이에 낀 부스러기들이 부스럭거리는 소리를 듣는다. 그것들이 마구 부풀어올라 이와 잇몸 사이를 들뜨게 하는 것을 느낀다. 이가 흔들리고 금방이라도 빠질 것 같다. 남자가 조용히, 느리게 혀 양치를 시작한다. 이 사이에 낀 견과류 부스러기를 남자는 혀와 입의 빨아들이는 힘을 이용해 집요하게 제거한다. 혀 양치질은 점점 시끄럽고 빨라진다.

세상에는 두 종류의 사람이 있다. 우선 내가 편하고 행복해야 다른 이들도 함께 편하고 행복해진다고 생각하는 사람과 다른 이들이 모두 편하고 행복해야 비로소 나도 편하고 행복해진다고 생각하는 사람. 남자와 나는 어느 쪽일까?

나는 참으려고 했다. 당장 남자의 입을 벌리고 그 속에 든 부스러기를 찾아 꺼내주고 싶었지만 참는다. 이럴 때 우리는 왜 그 사람의 얼굴을 보고 싶어 하는 것일까. 어떻게 생긴 사람인지를 알면 화가 조금이라도 풀리는 것일까. 아니면 그런 행동을 하는 사람이 누구라는 걸 기억하려고 그래서 다음에는 그 사람 옆에 자리가 있어도 절대로 앉지 않기 위해서 그러는 것일까.

남자의 양치가 끝난 모양이다. 버스 안은 고요하다. 고요하다. 너무 고요하다. 그때다. 부스럭. 소리가 난다. '엄청나게 시끄럽고 믿을 수 없게 가까운' 소리가. 그 소리는 내 목구멍 안 깊은 곳에서 나는 것 같다. 나는 절망적인 눈빛으로 옆자리 남자의 얼굴을 바라본다. 나와 너무나 비슷하게 생긴 한 중년 남자의 얼굴을. 그러니까 차창에 비친 나 자신의 얼굴을.

창조론, 진화론과 함께 인간의 기원을 설명하는
세 번째 이론인 '매너론'은 인간을 만든 것은
매너였다고 주장합니다. 영화 〈킹스맨〉에도
이런 대사가 나오죠.
"매너가 인간을 만든다."

매너 매너가 인간을 만든다

# #
맥거핀

"먼저 가세요. 전 괜찮습니다. 후배가 새벽 1시까지 오기로 했어요."
밤 10시 50분. 버스 막차 시간 때문에 먼저 일어서야겠다고 내가
말하자 주방장은 그러라고 했다.

그날 오후에 나는 한 통의 전화를 받았다.

"감사합니다. 듀오 기획부 김상득입니다."

사무실 전화로 온 것이라 사무적으로 받았다. 저쪽의 소리가 너
무 쩌렁쩌렁해서 송수화기를 귀에 대고 있을 수 없을 정도였다. 그
렇다고 귀에서 떼자니 주위 동료들이 다 들을 것 같아 나는 송수화
기를 귀에 바짝 붙였다. 소리가 작아도 알아듣기 힘들지만 너무 커
도 무슨 말인지 이해하기 힘들었다.

"김상득 씨인가요? 아저씨 맞죠?"

내게 전화를 걸어 아저씨라고 부르는 남자는 누굴까? 그의 목소
리에는 흥분이, 반가움이, 장난이 마치 끓는 된장찌개처럼 금방이
라도 넘칠 것 같았다.

"예, 그렇습니다만…… 누구시죠?"

"에이, 내 목소리 몰라요? 모르네. 나는 목소리 들으니까 바로

97

아저씨 알겠는데. 모르나 봐. 전화 끊을까요?"

아저씨는 머릿속으로 다급하게 스크롤을 올리며 몇 사람의 얼굴을 떠올렸지만 알 수 없었다.

"목소리가 너무 커서 제대로 들을 수가 없어요. 누구세요?"

"아저씨랑 일본에서 함께 일했던 주방장인데 기억 못 해요? 잠깐 한국에 다니러 왔는데. 상돈 씨도 같이 있어요."

나는 바로 알아차리지 못한 미안함 때문에 반가움을 과장했다.

"아이쿠! 우리 주방장님. 알죠. 정말 반갑습니다. 하하하. 지금 어디예요?"

오후 6시가 되자마자 나는 그들이 있다는 광화문 쪽으로 달려갔다. 정말 달려간 것은 아니고 지하철을 타고 간 것이지만. 16년 만이다. 16년 전 일본 지바 현에 있는 식당에서 함께 일했던 우리는 서울의 식당에서 만났다. 16년이나 지났는데 하나도 안 변했다고 인사를 나눴지만 거짓말이었다. 우리는 다들 변했다. 얼굴에는 주름이 몸에는 살이 꼭 16년의 세월만큼 붙어있었다. 추억은 타임머신이다. 16년 전 함께 일했던 이야기들을 꺼내기 시작하자 우리 세 사람은 16년 전 시간 속으로 빨려 들어갔다. 거짓말처럼 하나도 안 변한 16년 전의 그들이 내 앞에 앉아 있었다.

마음이 여린 상돈 씨는 취한 것처럼 보였다. 전작이 있는데다 반가운 사람을 만나고 옛 이야기의 타임머신을 타니 멀미를 하는 것 같았다. 그는 화장실에 간다고 나가더니 식당이 마칠 시간이 되도록 돌아오지 않았다. 밤 10시 50분. 버스 막차 시간이다. 아무래도 나는 일어서야 했다.

"먼저 가세요. 전 괜찮습니다. 후배가 새벽 1시까지 오기로 했어요."

"2시간이나 남았는데 어떻게 하려고요."

"그냥 혼자 술 마시면서 기다리면 되죠. 후배가 더 빨리 오면 좋은데 부산에서 차로 올라오니까 1시에나 도착한다고 하네요. 어쩔 수 없죠."

나는 미안하고 부끄러웠다. 겨우 분당에 사는 나는 밤 11시가 늦었다고 일어서려는데 그 후배는 부산에서 서울까지 차로 올라온다는 것 아닌가. 나는 주방장과 함께 술집으로 갔다. 누군가 그 자리에 올 사람이 있으면 우리는 '그 밖의 사람들'이 되어 그를 기다린다. 기다리기 시작하면 그때부터 시간은 느리게 간다. 나는 휴대전화를 보는 척하면서 시간을 확인했다. 확인하기 시작하면 그때부터 시간은 아예 안 간다. 밤 11시부터 새벽 1시까지는 고작 2시간이지만 16년보다 더 긴 것 같았다.

"너를 기다리는 동안 내게로 오는 모든 소리는 너의 발자국 소리다" 했던 황지우의 시 「너를 기다리는 동안」처럼 밤 11시 이후 그 술집으로 들어오는 모든 사람은 그 후배였다.

드디어 새벽 1시가 돼 나는 물었다.

"그 후배 안 와요? 지금 어디쯤 왔대요?"

주방장은 그게 무슨 주방에 주문 넣지도 않은 된장찌개를 달라고 재촉하는 소리냐는 표정으로 나를 바라보았다.

"무슨 후배요?"

집으로 돌아오는 택시 안에서 초조하게 미터기를 보다가 나는 알프레드 히치콕 감독이 프랑수아 트뤼포 감독에게 했다는 농담을 떠올렸다. 스코틀랜드로 가는 기차에 두 사람이 앉아 있었다. 한 사람이 묻는다.

"실례지만 저 선반 위의 꾸러미는 무엇인가요?"

"아, 그건 맥거핀입니다."

"맥거핀이 뭐죠?"

"스코틀랜드 산에 사는 사자를 잡는 데 쓰는 물건이랍니다."

"스코틀랜드 산에는 사자가 안 살잖아요?"

"그렇죠. 그러니까 저건 맥거핀이 아닙니다. 사실 맥거핀이란 아무것도 아닙니다."

맥거핀은 새벽 1시에 온다는 후배였다.

맥거핀 새벽 1시에 온다는 후배

\#
문자

말더듬이

어릴 때 나는 약간 말더듬이였다. 지금도 흥분하면 간혹 말을 더듬지만 많이 나아져 동료들은 한때 내가 말더듬이였다는 사실을 알아채지 못한다. 말 더듬는 것 때문에 또는 말을 못해서 사회생활에 문제가 있는 건 아니다. 오히려 지금은 말을 너무 많이 해서 말썽이다.

　요즘은 느린 손 때문에 고민이다. 시간이 갈수록 카톡이나 문자 메신저로 의사소통을 하는 경우가 점점 많아지는데 나는 타자가 느리니까 말이다. 말하자면 나는 손더듬이다. 타자 치기 바빠 적절한 이모티콘 활용은 꿈도 못 꾼다. 가령 동료들이 메신저로 뭘 물어보는데 대답하려고 겨우 문자를 몇 개 칠 때쯤이면 그 사이 다른 사람에게 물어봐서 알았다거나 스스로 해답을 찾았다고 하는 경우가 많다. 이제 직장에서 뒤처지지 않고 소외되지 않으려면 손이, 손가락 움직임이 빨라야 한다. 아무래도 빨리 손더듬이 교정 학원이나 클리닉을 알아봐야겠다.

비대면 비통화 접촉시대

예전 거래처 담당자는 직접 만나는 것보다 전화 통화를 선호했다. 꼭 필요한 경우가 아니라면 IT시대에 미팅을 하기 위해 찾아가거나 찾아오는 것은 시간낭비로 여겨졌다. 웬만한 것은 메일이나 통화로 다 해결할 수 있다고, 직접 만나는 것보다 그쪽이 더 정확하고 효율적인 의사소통이라고 생각했다.

새로 바뀐 담당자는 통화보다 문자를 선호한다. 이쪽에서 전화를 하면 바로 받지 않고 문자나 카톡이 온다.

'무슨 일이세요?'

난감해 하는 내게 동료가 문자로 위로한다.

'지금은 문자, 카톡, 메신저의 시대죠. 요즘 다들 통화보다 문자를 좋아해요. 그러니까 우리 시대는 '비대면 비통화 접촉시대'라고 할 수 있어요. 직접 대면보다 통화, 통화보다 문자죠.'

간접사회

문명이란 어쩌면 사람과 사람 사이를 이어주면서 점점 더 멀어지게 하는 것인지도 모른다. 가만, 그래서 우주가 계속 팽창하는 것일까? 아니, 우주가 계속 팽창하니까 사람과 사람 사이에 매개체가 자꾸 들어서고 생기고 그런 것들이 점점 늘어나는 쪽으로 문명이 발달해 가는 것인지도 모른다. 문명은 직거래를 좋아하지 않는다. 문명은 직접을 좋아하지 않는다. 문명은 간접이다.

『먼 그대』

서영은의 소설 『먼 그대』의 주인공 이름이 '문자'다. 오래전에 읽은 소설이라 내용은 잘 기억나지 않고 주인공 이름과 그가 출판사에서 10년 동안 교정 업무를 담당했다는 것만 기억에 남았다. 문자를 보는 문자. 문자를 바로잡는 문자.

단체문자
명절 때면 여기저기서 인사 문자가 온다. 보내오는 사람은 다른데 내용은 거의 같다. 아마 다들 복사해서 단체로 보내는 것이리라. 그 비슷한 내용의 단체 문자에 어떤 것에는 답을 하고 어떤 것에는 답을 하지 않는다. 기준은 앞에 내 이름이 있느냐 하는 것이다. 단체 문자가 분명해 보이지만 그래도 이름을 한번 불러주는 정성은 반갑고 고맙고 눈물겹다. 요즘은 이름 없는 단체 문자도 점점 줄어드니까.

조만간
명절 때나 무슨 날이면 그 후배는 꼭 전화를 합니다. 목소리로 찾아와요. 뭐 별 내용은 없어요. 이쪽의 안부를 묻고, 자신의 근황을 들려주고, 서로의 건강을 걱정하고, 즐거운 명절 보내라고, 그리고 조만간 한번 만나자고 약속하지요. 그렇게 그 후배한테서 전화가 온 게 한 10년은 되었지요. 그런데 '조만간'이라는 단어의 뜻이 '10년 후'쯤 되는 걸까요? 후배 본 게 10년은 넘은 것 같아서요. 국어사전을 한번 찾아봐야겠어요.

보고 싶어서 안 만나요
만일 누군가 페이스북 같은 데서 번개, 그러니까 즉흥 모임 공지를 한다고 하자. 그 공지에 가장 적극적이고 열렬한 반응을 보이는 사람은 대체로 어떤 불가피한 사정으로 모임에 참석할 수 없는 사람일 가능성이 높다. 그는 불참을 애석해 하고 안타까워하지만 사실은 만나지 못한다는 사실에 오히려 안도하면서 간절하게 보고 싶다고 댓글을 다는 것이다. 만일 그도 참석할 수 있도록 하기 위해서 특별히 모임의 장소와 일시를 변경한다고 하자. 그는 즉시 페이스북 연결을 끊거나 아예 한동안 휴대전화기의 전원을 꺼둘 것이다. 배터리 핑계를 대면서 말이다.

그걸 어떻게 아느냐고? 내가 바로 그 사람이니까. 명절에도 사람들에게 전화는커녕 문자도, 단체문자도 보내지 않는 사람이 바로 나니까.

#문자 먼 그대

# #
뮤즈

1.

아내는 나의 뮤즈다.

2.

뮤즈라는 말을 사전에서 찾아보면 이렇다. "뮤즈는 제우스와 기억의 여신 므네모시네 사이에서 태어난 아홉 명의 딸들로 시와 연극, 춤과 노래에 능하고, 시인과 예술가에게 영감과 재능을 주는 예술의 여신이다. 오늘날에는 창작 활동을 하는 작가에게 영감을 불어넣는 존재를 가리키는 말로 주로 사용되고 있다."

3.

아내가 아홉 명은 아니지만, 시와 연극, 춤과 노래에 능하지도 않지만, 또한 내가 시인이나 예술가도 아니지만, 아내는 언제나 나에게 영감을 준다. 나는 글이 안 써지고 글감이 궁할 때마다 아내를 팔아 글을 썼다. 그렇게 아내를 팔고 또 팔아 지금껏 글을 썼으니까 어쩌면 아내는 아홉 명이 아니라 아흔아홉 명인지도 모르겠다.

4.

아내는 나의 뮤즈였다. 이제는 아무리 아내를 바라봐도, 뚫어지게 바라봐도 영감이 잘 떠오르지 않는다. 역시 아내는 한 명인 것이다.

5.

선이 있으면 악이 있다. 불의가 있으면 정의가 있다. 어둠이 있다면 반드시 빛이 있을 것이다. 브루스 윌리스와 사무엘 잭슨이 주연한 영화 〈언브레이커블〉에서 유리처럼 잘 다치고 부서지는 유리선생, 엘리야는 어느 날 이런 생각을 한다. '나처럼 잘 깨지는 존재가 있다면 틀림없이 세상 어딘가에 나와 정반대로 결코 부서지지 않는 존재가 있을 것'이라고.

　글감이 떨어지고 영감이 사라진 나는 어느 날 이런 생각을 한다. '영감을 주는 뮤즈가 있다면 영감을 빼앗아 가는 존재도 있지 않을까?'

6.

1797년 여름, 영국 낭만주의의 대표적인 시인 사무엘 테일러 콜리지는 엑스무어 근교에 위치한 농장에서 요양하고 있었다. 그는 쿠빌라이 칸의 궁전 건축에 대한 퍼처스의 책 『순례』를 읽다가 잠이 들었다. 꿈속에서 콜리지는 책에서 읽은 문장들이 쿠빌라이 칸 궁궐의 이미지들로, 그 이미지들이 300행에 이르는 시로 펼쳐지는 환상을 경험한다. 더 환상적인 사실은 꿈에서 깬 그가 시 전체를, 낱말 하나하나를 모두 기억하고 있었다는 것이다.

　그는 서둘러 종이와 펜을 찾아 시를 한 행 두 행 빠르게 써 내려갔다. 그러던 중에 누군가의 방문을 받게 된다. 그 사람은 콜리지에게 돈을 좀 빌리기 위해 가까운 도시인 폴록에서 온 사람이었다.
콜리지는 얼른 그 남자에게 돈을 주고 쓰다만 시를 쓰기 위해 책상
으로 돌아왔지만 그 사이 나머지 시구들은 이미 사라져버린 후였
다. 결국 콜리지의 「쿠블라 칸」이라는 시는 50여 행의 미완성 유고
로 남았다. 그리고 '폴록에서 온 남자'는 영감을 빼앗아가는 존재
로 남았다.

7.
'폴록에서 온 남자'는 어떤 사람이었을까? 콜리지처럼 그 남자도
시인이었을까? 돈을 빌리러 갔으니까 아마 그는 가난한 사람이었
을 것이다. 돈이 필요했던 사람, 돈이 절박하게 필요해서 시인을
찾아갔던 사람, 부자가 아니라 시인에게 돈을 말하기 위해 폴록에
서 온 사람.

그는 빚에 쫓기는 사람이었을까? 일용할 양식이 떨어졌던 것일까? 가족 중에 병자가 있었을까? 한 번이라도 남에게 돈을 빌려본 적이 있는 사람은 안다. 한 번이라도 돈을 빌리기 위해 남의 집 문 앞에 서 있어본 적이 있는 사람은 안다. 망설이고 주저하다가, 돌아서고 돌아섰다가 다시 돌아서 마침내 남의 집 문을 두드려본 적이 있는 사람은 안다. 그 절박한 비참함을, 그 비참한 절박함을.

8.

돈을 빌리는 과정에서 시도 사라졌다면 그 사라진 250여 행의 시는 '폴록에서 온 남자'가 받아간 것인지도 모른다. 그 남자가 콜리지에게 돈을 빌리는 그 순간, 시의 영감이 사라지는 그 순간, 낭만주의 시대가 끝난 것은 아닐까? 영감을 기다리지 않고, 영감에 기대지 않고 글을 써야 하는 시대의 뮤즈는, 현대의 뮤즈는 '폴록에서 온 남자'인지도 모른다.

9.

이렇게 글을 못 쓰고 끙끙대는 내게는 분명히 '폴록에서 온 남자'가 있을 것이다. 그는 자주 나를 찾아온다. 자주 찾아오는 정도가 아니라 아예 내 등에 붙어 함께 살고 있는지도 모른다. 정말이다. 이 글을 쓰고 있는 지금도 용돈 보내달라는 취업 준비생 아들의 문자 메시지가 자꾸 들어온다.

뮤즈 폴록에서 온 남자

바람

대체 무슨 바람이 불었던 것일까. 한동안 연락이 없던 '안다' 형에게서 전화가 왔다.

"득아, 혹시 일본드라마 〈중쇄를 찍자〉 봤어?"

처음에 나는 형의 발음 때문에 중세시대와 관련된 역사물인가 생각했다.

"못 봤습니다만 갑자기 '일드'는 왜?"

"내가 요즘 그럴 때가 잦은 편이야. 보고 들은 것인데 그래서 분명히 알고 있는 것인데, 내가 누구야? '안다' 아니냐. 그런데도 막상 그것을 말하려고 하면 생각이 나지 않아. 얼마 전 어떤 바람에 대한 인상 깊은 이야기를 알게 됐어. '어떤 바람'이라고 말하는 것은 바람의 이름이 기억나지 않아서고 '알게 되었다'라고 한 것은 내가 그것을 본 것인지, 들은 것인지, 읽은 것인지 도무지 알 수 없어서고."

"흥미롭네요. '안다' 형이 모르는 것도 다 있고요."

"형을 놀리는 거냐. '아는 것을 안다고 하고 모르는 것을 모른다고 하는 것이 진정으로 안다는 것이다.' 2천5백년 전 공자도 나와 같은 말씀을 했지. 내 경우는 모르는 게 아니라 아는데 당최 기억이 안 난다는 거야. TV 퀴즈 프로그램에서 분명 아는 문제인데 기억이 안 나 안타까운 표정을 짓는 사람 본 적 있지? 그래, 내가 그런 얼굴로 한나절을 돌아다녔다니까. 아무리 기억해내려고 애써도 끝내 떠오르지 않았어. 누군가 내 기억을 산 채로 쇳덩이에 매달아 망각의 바닷물 속에 던져버린 것일까?"

"형은 영화나 드라마를 너무 많이 보는 것 같아요."

"네 말이 옳아. 사실 기억나지 않는 것이 아니라 너무 많이 기억나서 문제야. 책이나 기사에서 읽은 것도 같고, 수없이 많은 SNS에서 본 것도 같고, 어쩌면 광고에서 봤을까, 누군가 보내준 메일이나 문자 메시지에서 본 건지도 모르지, 네 말처럼 영화나 드라마에서 본 것도 같고. 대체 그 바람을 어디서 접한 것인지 감이 잡히지 않는 거야. 그나마 최근에 가장 많이 본 게 〈중쇄를 찍자〉라는 드라마거든. 거기서 봤을 가능성이 높지 않을까 싶어서 전화 찬스를 쓴 셈인데. 너도 못 봤다니 실망이구나."

"요즘 힘들어서 드라마를 볼 여유가 없어요. 그런데 그 바람이 대체 어떤 바람인데요? 설명을 들으면 혹시 제가 알 수도 있잖아요."

"등산할 때 8부 능선쯤 올라가면 엄청 힘들잖아. 정상은 언제 도착할지 알 수 없고, 자신이 어디쯤 와 있는지도 모르겠고, 숨은 가쁘고 기운은 다 빠지고, 이대로 돌아서 내려갈까 포기하고 싶을 때 그때 산꼭대기에서 아래쪽으로 시원하게 불어오는 한 줄기 바람이 있대. 그러니까 그 바람은 등반하는 사람들에게 곧 정상이니까 포기하지 말고 조금만 더 힘을 내라고 보내는 산의 응원인 거지."

"교훈적이네요. 드라마를 다시 보면 되잖아요."

"그 드라마가 무려 10회나 돼. 한 회가 거의 한 시간이고. 아무리 내가 '안다'이지만 바람 이름 알려고 그걸 처음부터 끝까지 다시 보겠나. 사실 그 드라마에서 본 것인지도 확실하지가 않고."

"검색해봤는데 그런 바람 이야기는 못 찾겠네요."

"그래. 주변에 〈중쇄를 찍자〉를 본 사람 중에도 그 바람 이야기를 기억하는 사람은 없더라고. 아마 다들 지치고 너무 힘들어 포기하려고 할 때 그때 누군가 그 바람 이야기를 하면서 다시 일으켜 세우는 그런 장면에서 나왔던 것 아닐까 싶은데 말이야."

'안다' 형의 전화를 끊고 나자 나도 그 바람의 이름이 몹시 궁금했다. 천금 같은 일요일 하루를 몽땅 바쳐 〈중쇄를 찍자〉를 1회부터 10회까지 봤다. 바람 이야기는 나오지 않았다. 중간에 몇 번 졸면서 봤기 때문에 그때 잠깐 그 바람이 지나간 것인지 모르겠지만.

나는 '안다' 형에게 전화를 걸어 '〈중쇄를 찍자〉를 다 봤지만 바람 이야기는 안 나오더라'고 말했다. 형은 내 말에는 전혀 흥미를 보이지 않고 이렇게 말했다.

"득아, 너 혹시 영화 〈태풍이 지나가고〉는 봤냐?"

그제야 나는 이런 생각이 들었다. '애초에 그런 바람 이야기 같은 건 없었을지도 모른다.' 또 이런 생각도 들었다. '어쩌면 그 바람은 '안다' 형이 지친 내게 보내는 격려이고 응원인지도 모른다. 그러므로 이름이 무엇이든 바람은 가만히 있지 않고 부는 것이다.'

나는 성주에 사는 후배에게 전화를 걸었다.

"상아, 혹시 일드 〈중쇄를 찍자〉 봤어?"

구로사와 아키라 감독이 쓴

『구로사와 아키라 자서전 비슷한 것』이란 책에 이 바람 이야기가

나온다.

고갯마루의 바람이란 길고 험한 산길을 오를 때

고갯마루에 가까워지면 산 저편에서 불어오는

시원한 바람을 말한다. 그 바람이 얼굴에 닿으면

고갯마루가 가깝다는 뜻이다.

그리고 곧 고갯마루에 올라서서

탁 트인 전망을 내려다볼 수 있다는 말이다.

바람 어쩌면 응원

반말

나는 매일 아침마다 커피 한 잔을 마신다. 언제부터 내게 그런 습관이 생긴 것일까. 습관은 김유신의 말이다. 주인의 의지와 달리 어느새 천관의 집으로 가버린다. 커피를 좀 줄여야지 생각하면서도 정신을 차려보면 커피 마지막 한 모금을 마시고 있다. 어쩌다 사정이 생겨 커피를 마시지 못한 날은 종일 안절부절 못한다. 일은 둘째 치고 아침마다 치르는 생리적 문제조차 해결하지 못한다. 그러니 아침이면 커피숍으로 출근하는 것이다.

날마다 커피를 마시려다 보니 커피값도 만만치 않다. 커피값이 밥값보다 비싼 곳도 많다. 식당에서 서로 밥값을 내겠다며 다투는 사람들은 나중에 더 비싼 커피값을 서로 안 내려고 실랑이를 벌이는 것이다. 그걸 어떻게 아느냐고? 내가 그런 사람이니까.

버스에서도 가끔 다투는 사람들이 있다. 물론 그들이 밥값이나 커피값 때문에 다투는 것은 아니다. 아침 광역 버스는 항상 만원이라 빈자리가 드물다. 다행히 창가 쪽 빈자리가 하나 있어 반가운 마음으로 달려갔더니 옆 사람의 짐이 올려져 있었다. 그 아가씨는 짐이 많았다. 어디 여행이라도 가는 건지 크고 작은 가방이 세 개나 되었다. 하나는 안고 나머지 두 개를 옆자리에 올려놓고 그는 졸고 있었다.

나는 앉고 싶었다. 간절하게 앉고 싶었다. 내가 앉으려면 우선 꾸벅꾸벅 졸고 있는 고단한 그를 깨워야 한다. 그 다음 어떻게 해도 정리가 잘 되지 않을 것 같은 그의 짐들을 그가 수습할 때까지 기다려야 한다. 그러고도 창가 쪽에 있는 빈자리로 가기 위해서는 통로 쪽에 앉은 그를, 세 개나 되는 가방을 안고 있어야 하는 그를 넘어가야 한다. 아쉽고 서운하지만 결국 나는 포기한다.

다음 정류소에서 탄 아저씨는 포기하지 않았다. 그는 이제 코까지 골며 곤하게 자는 아가씨를 흔들었다. "이봐요, 아가씨, 같이 좀 앉아 갑시다." 자다가 깬 아가씨는 가방을 들고 어쩔 줄 몰라 한다. 이 짐들을 어떻게 하라는 거냐는 듯 아가씨는 아저씨를 본다. "가방을 들고 앉아요." 아가씨는 결국 가방을 챙겨 창가로 자리를 옮겨 앉는다. 무릎 위 세 개의 가방처럼 가득 쌓인 짜증이 아가씨 얼굴에서 금방이라도 쏟아질 것 같다. 자리가 난 통로 쪽 의자에 앉으면서 아저씨는 혀를 찬다. "나 참, 자기 혼자 버스 전세 냈나?"

아가씨가 고개를 돌려 아저씨를 본다. 아저씨도 아가씨를 본다. "뭘 봐?" "자리 비켜드렸잖아요." "처음부터 자리를 비워놨어야지. 공중도덕이 없어." "왜 반말하세요?" "왜? 반말하면 안 돼?" "당연히 안 되죠." "내가 너만 한 딸이 있다." "나는 아저씨 딸 아니거든요. 자꾸 반말하지 마세요." 아저씨는 나를 본다. 내가 무슨 말이라도 해주길 바라는 것처럼. 나는 할 말이 없다. "나 참, 이거 봐라. 눈 똑바로 뜨고 어른한테 못되게 대드는 거. 아주 인간 말종이야, 말종." 아가씨도 나를 본다. 한마디 거들어야 하지 않겠느냐는 듯. 나는 두 사람의 싸움에 말려들고 싶지 않다. 나는 고개를 돌린다. "아저씨가 뭔데 나한테 말종이라 그래요? 아 씨, 아침부터 재수가 없으려니까 정말." "아 씨? 야, 너 내려. 이게 어디서 죽으려고." "때려봐, 때려봐. 미친 놈."

애초에 두 사람은 무엇 때문에 다툰 것일까? 처음에는 자리 때문이었는데 말을 주고받는 과정에서 본래의 이슈는 사라지고 지금은 표정과 말투 때문에 싸우고 있다. 애초에 무엇 때문에 다툰 것인지는 이제 중요하지 않다. 아저씨의 고압적인 말투와 아가씨의 짜증스러운 표정이 서로에겐 더 중요하다. 관습적인 싸움의 양상은 이런 식이다. 개인적이든 사회적이든. 폭력성과 불법성만 남고 본래의 이슈는 사라진다. 조금만 방심하면 본말이 전도되고 무엇 때문에 싸움을 시작한 것인지 다 잊어버리는 것이다.

아침에 자주 가는 커피숍에 들렀다 나오는데 거기서 일하는 아가씨가 쫓아 나오며 나를 부른다. 무슨 일이지? 계산은 한 것 같은데. "커피 가져 가셔야죠." 커피가 담긴 내 텀블러를 건네며 아르바이트 아가씨가 웃는다. 그러니까 나는 개인 텀블러를 내밀며 커피를 주문하고 커피 값을 지불하고 포인트도 적립하고 영수증도 챙겼지만 정작 커피는 받지 않고 커피숍을 나온 것이다. 그럴 거면 나는 애당초 커피숍에는 왜 간 것일까?

반말 본말이 전도된 말

# #
반응

독자

글을 쓰는 사람이 있으면 그 글을 읽는 사람이 있다. 설령 일기나 메모처럼 독자가 자신이라 해도 글에는 독자가 있기 마련이다. 만일 정기적으로 글을 쓴다면 정기적으로 읽어주는 독자가 있다. '안다' 형은 예전에 이런 시를 들려준 적이 있다.

"목동의 풀피리 소리 들어주는 소 없으면 얼마나 쓸쓸할까."

언젠가 혼자 끝까지 남아 자기 이야기를 참고 들어준 나를 고마워하며 들려준 구절이었다. 글에는 독자가 있다. 지루하고 낡은 글이라도 끝까지 참고 읽어주는 독자가.

최초의 독자

독자가 한 명이라도 있다면 당연한 말이지만 최초의 독자가 있다. 그는 가족이거나 친구일 수 있다. 선배나 후배일 수도 있고 동료일 수도 있다. 만일 어딘가에 정기적으로 기고한다면 최초의 독자는 에디터일 수도 있겠다. 최초의 독자는 괴롭다. 글을 가장 먼저 읽는다는 이유로 필자로부터 리뷰를 강요받기 때문이다.

"글 어때요?"

필자가 원하는 대답은 정해져 있다. 답정너. 답은 정해져 있으니 너는 대답만 해라.

소심한 필자

필자 중에는 대범한 필자도 있지만 소심한 필자도 있다. 나는 일주일에 한 번 글을 쓴다. 2000자, 대략 A4 용지에 11포인트로 해서 두 장이 조금 안 되는 정도의 분량. 주제는 자유, 소재에도 제한이 없다. 뭘 써도 좋지만 새롭고 재미있고 메시지가 있어야 한다. 원고를 최초의 독자에게 보내고 나면 소심한 필자는 항상 긴장한다. 그의 반응을 기다리며.

느린 시간

언젠가 '안다' 형은 이런 말을 한 적이 있다.

"빛과 어둠은 바로 붙어 있어. 석고 소묘할 때 보면 가장 밝은 부분 바로 그 옆에 가장 짙은 어둠이 있잖아."

가장 빠르게 지나가는 시간 바로 뒤에 가장 느리게 기어가는 시간이 온다. 마감 시간에 쫓기면서 허둥지둥 원고를 쓴다. 원고를 메일로 보낸다. 원고를 보냈다는 내용을 문자 메시지로 또 보낸다. 그리고 답 문자를 기다린다. 웅덩이에 고여 있는 물처럼 좀체 흐르지 않는 시간 속에서.

답 문자 번역기

드디어 원고를 읽은 최초의 독자에게서 답 문자가 온다. 최초의 반응이. 대범한 필자는 어떤지 모르겠지만 소심한 필자는 답 문자 번역기를 사용해 읽는다.

"재미있네요."

재미는 있는데 재미만 있어요. 140자 트위터도 아니고 이 정도 분량의 글이 그저 재미있기만 하면 좀 곤란하지 않겠어요? 뭔가 의미가 있어야지요.

"이번 주는 왠지 뭉클하네요."

사실 약간 마음이 흔들리긴 했어요. 그래요. 뭉클했습니다. 그러나 '왠지'라는 말이 왠지 마음에 걸리지 않나요? 그냥 뭉클하다고 하면 될 것을 왠지 뭉클하다고 말한 것은 글에 두서가 없다는 점을 지적한 겁니다. 전체적으로 글이 어수선해요. 기승전결이 보이지 않아요. 좀 더 글의 구성을 짜임새 있게 고쳐 보세요.

"이번 주 혼자 한참 웃었습니다."

웃었습니다. 그것도 한참 웃었습니다. 맞아요. 제가 웃음이 들어 있는 글을 좋아해요. '공기 반 소리 반'처럼 '웃음 반 글자 반'인 글을 개인적으로 아주 좋아합니다. 그렇지만 '혼자' 웃었잖아요. 저혼자. 나는 웃지만 다른 사람들이라면 절대 웃지 않을 것입니다. 글에는 보편성이 있어야 해요. 누구나 공감할 수 있는 보편적인 그 무엇이 들어 있어야 한다는 겁니다. 네, 구체적이고 경험에서 나온 글이라는 거 압니다. 그렇지만 지나치게 개인적이고 특수한 상황의 이야기라면 그건 그냥 뭐 신변잡기죠. 안 그래요?

"대박입니다."

이번에는 '왠지'도 없고 '혼자'도 아니고 담백하게 대박입니다. 그렇지만 이 말을 그대로 믿으면 곤란합니다. 왜냐하면 이것은 칭찬이라기보다 격려랍니다. 칭찬이란 하는 쪽에서 보면 번거롭고 지루한 형식에 불과할지 몰라도 듣는 쪽에서는 매번 새로운 기쁨이고 가슴 벅찬 감동일 테니까요. 언젠가 정말 괜찮은 글을 쓴다면 그때 이런 답 문자를 받을 겁니다.

"이번에 정말 대박입니다."

눈웃음 이모티콘
격려성이라도 저 정도의 칭찬을 받은 경우는 글을 쓰면서 지금까지 겨우 서너 번 정도였다. 대개의 칭찬은 "네, 감사합니다"였다. 처음에는 눈웃음 이모티콘까지 붙어 있었다. 언젠가부터 "감사합니다"가 사라졌다. 그러다 슬그머니 눈웃음 이모티콘도 떨어지고 한 글자만 우뚝 남았다. 세상에서 가장 무표정한 글자. "네."

답 문자 번역기
"네."
보내준 원고는 잘 받았습니다. 받기는 잘 받았습니다.

반응 그의 부재가 그의 존재를 무섭게 만든다

# #
복수

허무 시리즈

예전에 유행하던 우스운 이야기 중에 '허무 시리즈'라는 게 있었다. 이 이야기들의 공통점은 우습긴 한데 어딘지 허무하다는 것이었다. 수많은 허무 우스개 중 지금도 내가 기억하는 이야기는 복수 이야기다.

원래 이 복수 이야기에는 전사前史가 없다. 죽은 부모의 원수를 갚기 위해 각각 길을 나서는 세 자식에 대한 이야기가 있을 뿐이다. 부모를 죽인 악인은 무술의 고수다. 부모님이 악인의 손에 죽는 것을 본 세 명의 자식은 반드시 복수를 하기로 맹세하고 삼거리에서 헤어진다.

첫째는 검술을 연마했다. 황사가 불거나 미세먼지 농도가 높아도 수련을 멈추지 않았다. 1만 시간의 법칙. 손목의 스냅을 이용해 칼집에서 칼을 한 뼘 정도 살짝 꺼냈다가 도로 집어넣은 것 같은데 반경 열 걸음 안의 모든 생명체는 목숨을 잃었다. 이제 됐다. 복수의 준비가 끝났다. 첫째는 산을 내려갔다. 원수를 만나기 위해서는 원수가 사는 곳으로 가야 한다. 마을을 지나야 한다. 마을에는 철

없는 어린아이들이 있다. 첫째는 검술 연마에만 몰두했으므로 용모가 지저분하고 행색이 남루했다. 마치 노숙 하는 이 같았다. 아이들이 놀렸다. 첫째는 무시했다. 그러자 아이들이 더 심하게 놀렸다. 첫째는 웃는 얼굴로 그러지 말라고 타일렀다. 그런 모습이 아이들 눈에는 바보처럼 보였다. 아이들은 바보에게 돌을 던졌다. 첫째는 화가 났지만 참았다. 자칫 칼 잡은 손목에 스냅이라도 주면 무구한 아이들이 목숨을 잃을 것이다.

'참자. 참아야 한다.'

그렇게 참는 바보의 표정이 아이들을 좀더 과감하게 만들었다. 아이들 중에는 아기장수도 있었는지 자신의 머리통보다 더 큰 돌을 뽑아 첫째의 머리를 향해 던졌다. 명중. 첫째는 돌에 맞아 죽었다. 원수를 만나보지도 못하고.

둘째는 양손잡이였다. 쌍칼을 썼다. 둘째도 고수의 경지에 이르자 복수를 하기 위해 길을 떠났다. 첫째의 실패 사례를 교훈으로 삼고 산을 내려오기 전 몸을 씻고 2시간에 걸쳐 정성껏 머리 손질을 했다. 새 옷으로 갈아입었다. 둘째는 쌍칼을 X자 모양으로 등에 찼다. 속담처럼 원수를 외나무다리에서 만났다. 외나무다리 아래는 천길 낭떠러지. 바람이 세차게 불었다. 둘째가 원수를 향해 칼을 뽑았을 때 새 옷 때문인지 쌍칼이 한번에 뽑히지 않고 약간의 시차가 발생했다. 기우뚱. 둘째는 균형을 잃고 다리에서 떨어졌다. 원수에게 공격도 한번 제대로 못해보고.

막내는 칼을 사용하지 않았다. 막내의 필살기는 눈 찌르기. 검지와 중지를 단련했다. 처음에는 모래를 찔렀고 나중에는 나무를, 마지막엔 바위를 뚫었다. 둘째를 교훈 삼아 외나무다리가 아닌 평지에서 원수를 만났다. 원수는 삿갓으로 얼굴을 가리고 있었다. 그나마 부끄러움은 아는 놈인가? 막내는 원수를 향해 필살기를 날렸다. 마치 울버린의 주먹에서 튀어나온 금속 클로 같은 검지와 중지가 삿갓을 뚫고 원수의 얼굴에 박혔다. 하하하. 원수의 웃음소리가 들리고 삿갓이 벗겨졌다. 원수는 양 미간이 너무 넓은 자여서 두 눈이 거의 양쪽 귀와 붙어 있었다. 막내는 원수의 칼에 죽었다. 이런 결말을 받아들일 수 없다는 표정을 지으며.

복수는 이루어지지 않는다

이야기가 허무한 것은 원래 복수가 허무하기 때문이다. 복수를 하기 위해서는 죄 없는 생명들도 해쳐야 하는데 그럴 수는 없다. 복수는 천길 낭떠러지에 걸린 외나무다리 위에서 한번에 쌍칼을 뽑는 일이다. 균형을, 형평성을 지키기 어렵다. 무엇보다 복수의 눈은 맹목이라 대상이 누구인지 보지 못하고 보아도 제대로 알지 못한다. 그러므로 복수는 이루어지지 않는다. 복수는 허무하다.

복수의 지연

『햄릿』은 아버지를 죽이고 왕위를 뺏은 자에게 복수한 한 덴마크 왕자의 이야기가 아니라 그런 사실을 알고도 복수를 하지 않고 미루고 미루었던, 도저히 더 미룰 수 없는 순간까지 미루었던 한 인간에 대한 이야기인지 모른다.

사회는 개인에게 복수하지 않는다

"사회는 개인에게 복수하지 않는다. 범죄를 저지른 사람에게 벌을 주는 것은 유사한 범죄의 재발을 막기 위함이지, 사회가 피해자를 대신하여 가해자에게 복수하기 위함이 아니다."—김현경의『사

람, 장소, 환대』 중

어릴 때 본 만화 중에 아버지의 복수를 갚기 위해
자기 키보다 큰 칼을 차고 다니던 소년이
나오는 작품이 있었어요. 내용은 잘 기억나지 않는데
재미있는 것은 소년이 칼집에서 칼을 뽑으면
동강 난 칼이 나오는 거였어요. 허무하게 말이죠.

복수 허무의 것

불빛

자다가 오줌이 마려워 잠을 깼다. 일어나 오줌을 누고 손을 씻고 부엌에서 물을 한 모금 마셨다. 그러고 보니 거실에 불이 켜져 있다. 한밤중인 것 같은데. 건너편 아파트에도 우리 집처럼 불이 켜져 있는 집들이 많다. 그 불빛들을 보자 하품을 한 것도 아닌데 눈물이 날 것 같았다.

어릴 때 부모님 따라 시골 갔다가 부산으로 돌아오는 밤 기차 창으로 보면, 사람이 사는 집에는 불이 켜져 있었다. 따로 떨어져 있는 농가는 불빛도 따로 떨어져 있고 사람들이 모여 사는 동네에는 불빛들도 연대해서 환했다. 마치 함성 같았다. 불빛은 신호 같았다. "여기 사람이 있어요" 하고 외치는 구조 신호. 나는 그 불빛들을 보면 괜히 코끝이 시큰했다.

하늘의 별빛보다 사람의 불빛이 나는 더 좋았다. 부산 산복 도로에 살 때는 여름 내내 집 앞 계단에 나와 앉아 불빛들을 보곤 했다. 소방도로 위와 아래로 산을 타고 쏟아져 내리던 빛의 물결. 작고 허름한 집들은 저마다 하나씩 전등을 켜두고 있었다. 불빛 아래에서 사람들은 소매가 없는 '난닝구' 차림으로 저녁을 먹었다. 어느 집은 마루에 앉아 수박을 먹고 씨를 마당으로 뱉었다. 어느 집은 부채질을 하며 희고 푸른 담배연기를 내뿜었다. 또 어느 집은 술을 마시고 싸웠다. 다투고 욕하고 부둥켜안고 울었다.

사람들은 불빛 같았다. 밝고 흐릿하고 가물가물한. 나는 연한 살을 모기에게 다 뜯기도록, 찬물에 만 밥알 같은 여름밤이 다 가도록 오래 계단에 앉아 산복 도로의 불빛들을 보았다. 그러고 있으면 어린 나는 금세 늙어버릴 것 같았다.

지난여름에 나는 이런 문장을 썼다. "없는 사람들 살기에는 겨울보다 여름이 낫다는 말은 이제 수정되어야 한다." 지난여름 열대야가 너무 심해서였다. 연일 계속되는 폭염 속에서 에어컨이 없는 사람들, 에어컨이 있어도 전기세 누진제가 무서워 차마 틀지 못하는 사람들이 땀을 뻘뻘 흘리며 숨막히는 열대야의 뜨거운 공기를 견디고 있어서였다. 물론 우리 집에도 에어컨이 없다. 그랬는데 이제 날씨가 점점 추워지니 생각이 달라진다. 난방비 걱정 때문에 추위를 내복으로 견뎌야 할 것 같다. 없는 사람들 살기에는 여름도 겨울도 힘들기는 매한가지다.

첫째가 초등학교 1학년에 다닐 무렵, 맞벌이하느라 우리 부부는 둘 다 귀가가 늦었다. 어떤 날은 아내도 일이 늦게 끝나고 나도 약속이 있어 집에 늦게 들어갔다. 13평 아파트에 온통 불을 켜놓은 채 아이들은 이불도 펴지 않고 아무렇게나 엉켜 잠들어 있었다. 전기세 많이 나온다고 여러 번 주의도 주고 야단도 쳤지만 잘 고쳐지지 않았다. 나는 거실과 주방과 베란다까지 켜져 있는 불을 하나씩 껐다. 아이들 이부자리를 봐주고 책상을 정리하다가 큰 녀석의 일기장을 보았는데 제목이 '어두운 우리 집'이었다. 내용은 대략 이러했다. "우리 집은 어둡다. 불을 다 켜도 어둡다. 엄마 아빠가 오면 밝지만 우리 집은 항상 어둡다."

이제 아이들은 필요 없는 전등 정도는 알아서 끌 정도로 자랐다. 늦게 들어오는 엄마 아빠를 기다리지 않는 것은 물론 오히려 자신들이 늦게 들어와 우리 부부가 기다리게 만든다. 바야흐로 20대 중반인 것이다.

나는 원래도 어두운데다 나이 들면서 눈도 귀도 어두워지고 총기도 점점 더 잃어 어둠과 친숙하지만 아내는 밝은 것을 좋아하고 어둠을 싫어했다. 그런 아내도 살림을 살고 생계를 꾸리다 보니 이제는 어둠과 점점 친해졌다. 리어 왕의 말처럼 "궁핍이란 이상한 재주가 있어 천한 것을 귀하게 만들고, 싫은 것과도 친하게 만드는 것"일까. 아내는 필요 없는 불은 모조리 끈다. 심지어 필요한 불도 끄자고 한다. 그러니까 요즘도 우리 집은 어둡다.

그런 우리 집 거실에, 아무도 없는 거실에, 불필요한 불이 환하게 켜져 있다. 나는 스위치를 끈다.

"아무도 없는데 누가 불을 켜놨네."

근검 절약하는 자신을 좀 알아달라는 심정으로 중얼거리며 이불 속으로 들어가려는데 아내가 말한다.

"불 끄지마. 아이들이 아직 안 들어왔잖아."

아이들이 아직 돌아오지 않았다. 아이들이 돌아오지 않은 집은 밤이 깊어도, 새벽이 와도, 세월이 가도 불을 끌 수 없다.

불빛은 신호 같습니다.
여기 사람이 있어요, 외치는 신호.
혹은 돌아오지 않은 사람을 기다리는 마음이 켜둔 신호.

126

여기서 기다리고 있어요.
여전히 기다리고 있어요. 라며.

불빛 기다리는 마음

# #
사랑

봄은 유난하다. 어느 해 봄날. 6년을 사귄 남자와 여자는 공원을 산책하다 잠시 벤치에 앉았다. 벚꽃이 한창이었다. 봄은 중력이 가장 약해지는 계절이다. 싹이 중력을 뿌리치고 솟아오른다. 사람도 약해진 중력 때문에 조금만 방심하면 둥실 떠오른다. 마치 달 위를 걷는 사람처럼.

두둥실 떠오른 남자는 여자에게 말한다.

"사랑해."

여자도 남자를 따라 떠오른다.

"얼마큼?"

"내 목숨보다 더."

"정말? 날 위해 죽을 수 있어요?"

"그럼."

"거짓말."

"정말이라니까. 자긴 아닌가 보네."

"나도 그래요."

"그래?"

남자는 너무 높이 떠올라 숨이 막힐 것 같았다. 남자가 여자에게 물었다.

"우리 같이 죽을까?"

여자는 동그란 눈을 더 동그랗게 떴다.

"미쳤어요?"

"그렇지? 그럼 우리 같이 살까?"

역시 봄은 중력이 가장 약해지는 계절이다. 그러니까 봄에는 대화도 가벼워지는 법이다.

두 사람은 서로 사랑했다. 같이 죽거나 같이 살고 싶었다. 사랑해서 결혼한 여자와 남자도 가끔 부부싸움을 한다. 유치하고 비열하게. 살면서 알게 된 내부 정보를 활용하여 상대의 가장 취약한 부분을 가장 효율적으로 건드린다. 톡. 감정의 연쇄폭발. 서로에 대한 신랄한 비난. 상처 입은 영혼의 한탄과 원망. 그들은 격정적으로 싸웠다. 그렇게 싸운 것은 정말 오랜만이다. 무엇 때문에 그들이 다투었

는지에 대해서는 말하지 않겠다. 그것은 그들의 사생활이니까.

아내와 다툰 날 남편은 서재가 있는 방으로 갔다. 보기에 따라서 그것은 자발적인 행보처럼 보였다. 사실 쫓겨난 것이지만. 당연히 아내는 안방을 차지했다. 집의 안주인은 아내다. 집안의 정서적 심리적 공간을 장악하는 사람은 누가 뭐래도 아내다. 집은 아내의 영향력 아래에 있다. 아내는 파업을 선언했다. 이제 나는 당신을 위해 살림을 하지 않겠다. 밥도 하지 않겠다. 그러니 알아서 챙겨 먹어라. 직접 해먹든지 밖에서 사서 먹고 들어오든지 마음대로 해라.

아내는 자신이 먹을 밥도 하지 않았다. 그러다 혹시 밥이 남으면 그걸 남편이 챙겨먹을지도 모른다고 생각한 아내의 섬세한 조치였다. 두 사람은 서로에게 말을 하지 않았다. 집안의 공기가 점점 무거워졌다. 꼭 말을 해야 할 때면 아들을 통해서 했다. 철없는 부모에게서 태어난 죄로 방자가 된 아들을 통해.

짐승이 사람이 되려면 백일 동안 동굴 속에서 쑥과 마늘을 먹어야 하지만 사람이 짐승으로 되는 데는 일주일도 걸리지 않았다. 제대로 먹지도 입지도 자지도 못한 남편은 사람 꼴이 아니었다. 언제 어떻게 냉전이 끝나고 부부가 말을 나누고 비로소 아내가 차려준 밥을 남편이 먹었는지 정확하게 알 수 없다. 안다고 해도 그걸 밝힐 수는 없다. 그것은 그들의 사생활이니까.

봄은 유난하다. 어느 봄날. 25년을 함께 산 여자와 남자는 공원을 산책하다 잠시 벤치에 앉았다. 벚꽃이 한창이다.

아내는 마쓰오 바쇼의 하이쿠를 떠올린다.

"우리 둘 생애
그 사이에 있다네
벚꽃의 생애"

벚꽃의 생애는 짧다. 벚꽃을 좋아한다면 그것은 짧은 우리 생애를 닮아서인지도 모른다. 아내가 말한다.

"이번에 알았어요. 당신은 날 사랑하지 않아."

남편은 뭔가 들킨 기분이 들었다.

"사랑해."

"아니, 사랑하지 않아. 옛날엔 당신도 날 사랑한 적이 있었는데."

아내는 벚꽃을 올려다본다.

"벚꽃 참 좋다. 내가 앞으로 이 봄을 몇 번이나 더 볼 수 있을까?"

남편은 고령화 사회의 평균 수명을 생각해보지만 숙연한 분위기 때문에 아무 말도 못한다. 아내가 한숨을 쉰다.

"아무래도 내가 먼저 죽으면 당신 혼자 제대로 살 수 없을 것 같아."

남편은 어쩐지 억울하다.

"나 혼자 얼마든지 잘 살 수 있어."

어색한 침묵 사이로 벚꽃이 떨어진다.

"당신은 뭐 혼자서 할 수 있는 것도 없잖아. 밥도 빨래도 청소도. 그냥 내가 죽으면 당신도 같이 죽는 게 좋을 것 같아."

"나 밥 잘 해. 청소도 빨래도. 나 정말 괜찮아."

"아니, 내가 죽으면 바로 당신도 죽여줄게. 내가 당신을 너무 사랑해서 그래요. 사랑하니까. 나 죽고 난 뒤에 당신 혼자 남아서 살 걸 생각하면 내가 마음이 안 놓이고 가슴이 아파서 그래. 그냥 내가 죽여줄게."

아무래도 남편은 아내에게 사과해야 할 것 같다.

"당신, 나 마음에 안 들지?"

사랑은 그 사람을 위해 죽을 수도 있고,
그 사람에 의해 죽을 수도 있는 것 아닐까요.

#사랑 그 사람에 의해 죽을 수도 있는 것

사주

사주를 본 적이 있다. 사람마다 정해진 운명의 집이 있다면 그 집의 네 기둥을 그 사람이 태어난 해와 달과 날과 시로 보고 그것을 통해 사람의 운세와 길흉화복을 점친다는 사주를, 나는 믿지 않는다. 사람의 운명에 영향을 끼치는 것에는 여러 요인이 있을 텐데 만일 태어날 때 이미 한 인간의 운명이 결정된다는 생각을 받아들인다 해도 언제 태어났는가 보다 어디에서, 누구의 자식으로 태어났는가가 더 중요할 것이다. 또 살아가면서 만나는 사람들 역시 중요도에서 결코 밀리지 않으며, 무엇보다 중요한 건 운명의 집에는 기둥이 아니라 사람이 산다는 사실이다.

몇 년 전이었다. 독일에 사는 후배가 서울에 출장 왔을 때 강남에서 만났다. 그 무렵 후배는 술을 마실 수 없다고 해 우리는 가볍게 저녁만 먹고 커피를 마시기로 했다. 강남에 있는 커피숍은 평소에도 젊은 사람들로 북적대는데 그날은 금요일 밤이라 더했다. 빈자리도 드물었지만 다행히 앉는다 해도 시끄러워 도저히 대화를 나눌 수 없을 것 같았다. 점점 가는귀가 먹는 50대 남자로는.

우리는 유령처럼 강남을 배회했다. 주변을 둘러보던 후배가 2층에 있는 카페를 가리켰다.

"저기가 좀 조용할 것 같은데."

고양이 사주카페. 이름이 묘하기는 했지만 다른 선택지가 없었다. 카페 안은 조용했다. 손님이 적은 것은 아니었지만 의자가 큰 소파들로 이루어져 있고 테이블 간격도 넓은 편이라 한적한 느낌이 들었다. 조용한 카페 안을 고양이들이 돌아다니고 있었다.

물과 메뉴판을 테이블에 놓으면서 종업원은 말했다.

"1만원을 더 내면 사주를 볼 수 있습니다."

우리는 건성으로 고개를 끄덕였다. 그날 우리는 무슨 이야기를 했던가. 잘 기억나지 않는다. 환경에 대한 이야기를 했던 것 같다. 문학도, 영화도, 정치도, 여자도 이야기했을 것이다. 오르한 파묵의 『순수 박물관』도 말했던 것 같다. 자주 대화가 끊어졌다. 의자가 너무 편했다. 소파에 몸을 파묻으면서 동시에 대화에 몰입하기란 쉽지 않은 일이다. 우리의 침묵 위로 천사가 지나가고 지나갔다. 후배가 말했다.

"우리 사주나 볼까요?"

사주를 봐준다는 사람을 거기서는 '선생님'이라고 불렀다. 선생님은 거기 온 손님 중 한 명 같은 차림의 젊은 여성이었다. 막연히 어두운 얼굴을 한 중년이겠거니 생각했는데 그것은 그야말로 선입견이고 고정관념이었다. 문득 우리 자리에 생기가 돌았다. 선생님이 막 자리에 앉을 때 고양이 한 마리가 탁자 위로 올라왔다.

"저리 가. 내가 고양이 제일 싫어한다고 했지."

선생님이 눈을 흘기자 그곳은 순식간에 범속한 일상의 자리에서 신성한 주술의 공간으로 바뀌었다. 조명도 달라지고 공기도 변한 것 같았다. 그래 어디 얼마나 그럴듯하게 하시는지 한번 봐드릴게요, 하는 심사로 소파에 깊숙이 몸을 파묻고 앉아 있던 나는 자신도 모르게 등을 펴고 자세를 고쳐 앉았다.

내가 태어난 연월일시를 듣더니 선생님은 노트에 한자를 흘려 썼다. 선생님은 목소리도 예뻤고 필체도 멋있었다. 나는 행복해질 것 같았다. 선생님이 말했다.

"어렸을 때 부모 중 한 분이 돌아가셨네요."

"아닌데요."

"떨어져 지낸 적도 없었어요?"

"아버지가 부산에 가 계셔서 여섯 살 때까지 어머니, 할머니, 할아버지와 함께 지냈죠."

"그렇다니까."

선생님은 언제부터인가 반말을 하고 있었다. 나보다 스무 살은 어릴 것 같은 선생님이.

"올해 초에 심하게 아팠네."

"아닌데, 그런 적 없는데요."

"안 아팠어?"

"네."

"정말? 있었을 텐데. 몸 말고 마음 말이야. 마음이 힘든 적 없었어? 스트레스 받고 그런 거?"

"스트레스야 늘 받죠."

"그러니까 있었잖아. 그리고 평소에 욕을 많이 하네."

옆에서 잠자코 보던 후배가 끼어들었다.

"이 선배 욕 같은 거 안 하는데. 장난으로라도 안 해요."

"그쪽은 가만있어요. 욕 많이 하죠?"

"안 해요."

"할 텐데. 꼭 입 밖으로 내야 욕인가. 마음속으로 많이 하잖아. 잘 생각해 봐."

나는 놀랐다. 잘 생각해보니 정말 그 순간 마음속으로 그 사람을 욕하고 있었다. 카페를 나오면서 후배는 『순수 박물관』에 나오는 문장으로 나를 위로했다.

"어차피 고양이를 좋아하지 않는 여자는 남자를 행복하게 해 줄 수 없어."

사주 집에는 기둥이 아니라 사람이 산다

# #
생각

"뭐해? 아무것도 안 하고 소파에 앉아서."

베란다에서 분갈이하던 아내가 남편을 불렀다. 아내의 말은 의문문이지만 그렇다고 정말 남편이 지금 무엇을 하고 있는지 그것이 궁금해서 묻는 말은 아니다. 함께 일하게 남편도 베란다에 나와보라는 권유의 말일 것이다. 그 정도도 모를 남편이 아니다.

"생각 중이야. 아무것도 안 하는 게 아니고."

"맨날 생각만 하면 뭐해? 행동을 해야지. 생각만 하면 아무것도 안 되잖아."

아내의 잔소리가 시작된다. 남편은 생각한다. 지금도 생각하고 있지만 더 격렬하게 생각한다. 정말 아내 말처럼 생각만 하면 아무것도 안 되는 것일까? 생각만으로 다 되는 것은 없을까?

남편은 생각한다. 어쩌다 지금의 아내를 만났는지. 재수할 때였다. 학원 복도에서 자주 마주치는 여자아이가 있었다. 여자아이는 학원 가는 길에 핀 개나리꽃보다 더 노란 후드 재킷을 입고 있었다. 씩씩하고 예뻤다. 남자는 이성에 대한 자신감도 없고 수줍음도 많아 속으로만 좋아할 뿐 말 한마디 건네지 못했다. 그렇게 시간만

갔다. 개나리가 다 지고 봄날이 가고 여름이 가고 가을이 왔다. 남자는 생각했다. 사귀자고 하면 거절당할 거라고. 창피만 당할 거라고. 여자아이는 학원 마치고 친구와 함께 전자오락을 했다. 30분 동안 전자오락실 앞에서 남자는 생각했다. 창피를 당하더라도 말은 한번 해보아야겠다고. 마침내 전자오락실에서 나온 여자아이에게 다가가 남자는 더듬더듬 말을 꺼냈다. 할 말이 있다고. 시간 좀 내달라고. 그 씩씩하고 예뻤던 여자아이는 지금 베란다에서 분갈이를 하면서 씩씩대고 있다.

"당신 회사에서도 맨날 생각만 하는 거야?"

남편은 생각한다. 생각하는 게 내 일이다. 집에서도 생각하지만 회사에서는 더 격렬하게 생각해야 한다.

남편은 생각한다. 어쩌다 회사를 다니게 되었는지. 지금의 회사를 다니기 전 남자는 일본에 있었다. 하루는 한국에 있는 친한 후배에게서 전화가 왔다. 자신이 다니는 결혼정보 회사가 참 괜찮은 곳이라며 함께 정년까지 근무하면 좋겠다고. 그러니까 한국으로 들어오라고. 그 전에 시간을 내 일본의 결혼정보 회사들을 방문해보라고. 남자는 생각한다. 그러면 좋겠다고. 당시 남자는 지바 현의 식당에서 아침 9시부터 밤 11시까지 일하느라 바빴다. 토요일과 일요일에는 더 바빴고 연휴 때는 생각조차 할 수 없을 정도로 바빴다. 한 달에 딱 하루 쉬는 날은 그야말로 아무 생각 없이 쉬고 싶었다. 쉬고 싶었지만 남자는 일본의 결혼정보 회사를 방문하고 부족한 일본어로 인터뷰를 하고 각종 홍보물과 자료를 받았다. 그 후 한국으로 돌아와 지금의 회사에 입사해 매일 생각하는 일을 한다.

"안 도와줄 거면 글이라도 쓰지. 이번 주 원고는 다 쓴 거야?"

남편은 생각한다. 어쩌다 글을 쓰게 되었는지. 언제부터인지 모르겠지만 남편은 글을 쓰며 살면 좋겠다는 생각을 했다. 남자는 아무 생각 없이 일찍 결혼했고 어느 날 정신을 차려보니 한 여자의 남편과 두 아이의 아빠가 되어 있었다. 글을 쓰며 살기에 생활은 각박했고 생계는 절박했다. 남자는 일을 해야 했다. 그러느라 글은 한동안 잊고 살았다. 어느 날 남자는 생각했다. 일을 하면서도 글을 쓸 수 있지 않을까. 일찍 출근해 업무가 시작되기 전 한 시간이라도 글을 쓸 수 있지 않을까. 잠들기 전 한 시간이라도 식탁에 앉아 글을 쓸 수 있지 않을까. 남자는 글을 썼다. 그렇게 쓴 글로 책을 내고 신문이나 잡지에 연재를 한다.

결과를 가져온 원인을 따라가다 보면 기원에 다다르게 된다. 기원에는 생각이 있다. 남자는 자신의 생각을 아내에게 말한다.

"생각해 보니까 말이야, 생각하면 아무것도 안 되는 게 아니고 모든 게 생각대로 되었어. 예전에 내가 생각했어. 당신 같은 여자를 만나면 좋겠다고. 그러니까 정말 당신과 살고 있잖아. 또 생각했어. 듀오에서 일하면 좋겠다고. 16년째 다니고 있잖아. 항상 생각했어. 글을 쓰면 좋겠다고. 내가 쓴 글이 엮여 책으로 나오면 좋겠다고. 신문에 연재하면 좋겠다고. 그렇게 되었잖아. 그러니까 말이야. 생각하면 그렇게 돼. 데카르트의 말처럼 생각하면 존재해. 이 생각 굉장하지 않아?"

아내도 남편의 말에 공감하는지 고개를 끄덕였다.

"굉장하네. 그럼 로또 복권 1등 당첨을 생각해 봐요."

태초에 말씀이 있었다지요.
그러나 가만히 생각해보면
그 말씀 전에 생각이 있었던 거죠.

생각 태초에 생각이 있었다

선물

청문회

식사 자리가 청문회로 바뀔 때가 있다. 가령 며칠 전 저녁식사 중에 아내가 내게 질문 하나를 던졌을 때처럼.

"당신 이번 크리스마스에 나한테 선물 줄 거지?"

전혀 예상치 못 한 질문이라 나는 들고 있던 숟가락을 떨어뜨릴 뻔했다. 세상에는 크리스마스에 선물을 주고받는 부부가 많겠지만 우리 부부는 아니다. 어쩌면 연애할 때는, 어쩌면 결혼하고 몇 년간은 그랬을 수도 있겠지만, 그 가능성을 완전히 부인할 수는 없겠지만 적어도 내 기억에는 없다. 오랫동안 하지 않던 일을 어느 날 갑자기 하기란 쉽지 않다. 행동은커녕 생각조차 하기 힘들다. 그러고 보면 사람의 생각이란 관습적이다. 나는 당황했다. 정직이 최상의 정책이라지만 나는 정직하고 싶지 않았다. 정직할 수도 없다. 원래 청문회에 나온 증인치고 정직한 사람은 드문 법이니까. 나는 겨우 대답했다.

"물론이지."

동공 지진

아내는 원하는 답을 받아낸 국정조사위원 같은 표정을 지었다.

"무슨 선물할 거야?"

나는 더 당황했다. 아마 이 식탁청문회를 방송국에서 TV로 생중계하고 있었다면 흔들리는 내 눈빛을 클로즈업한 다음 '동공지진'이란 자막을 붙였을 정도로 말이다. 나는 청문회에 나온 증인처럼 뜸을 들였다. 뭔가 말을 하려는 듯 입을 달싹이다가 우물거린 다음 삼켰다. 괜히 엉덩이를 들어 앉은 자세를 바꾸고 옷매무새를 가다듬고 물컵을 들었다가 놓고 다시 뭔가 말을 하려는 듯 양미간을 찌푸린 채 입을 달싹이다가 우물거린 다음 삼켰다. 말인지 밥인지 입 안에 든 것을. 아내가 다시 물었다.

"무슨 선물할 건데?"

동문서답

나는 뭐든 대답을 해야 한다. 청문회 증인들이 가장 애용하는 방법은 동문서답이다.

"할 거야, 선물."

이쯤 되면 짜증 가득한 얼굴로 목소리를 높이며 식탁을 주먹으로 한두 번 내리칠 만도 하지만 어쩐 일인지 아내는 계속 미소를 짓는다.

"그러니까 무슨 선물할 거야?"

〈하나와 앨리스〉

무슨 선물을 한다고 해야 하나? 오래전에 본 영화 〈하나와 앨리스〉의 장면이 떠오른다. 이혼해서 따로 사는 아버지가 고등학교에

입학한 앨리스(아오이 유우)를 불러내어 선물을 준다. 뭐가 인기 있는지 몰라서 만년필로 샀다며. 쓸 일은 거의 없겠지만 선물로 받은 거라 쉽게 버리지 못한다고. 어쩌다 서랍 구석에서 가끔 발견할 때마다 아, 이게 있었지, 추억이 떠오른다며. 쓰지는 않으면서 버리지도 못하니 결국 오래도록 남게 된다며. 그게 만년필 선물의 장점이라고.

동방박사
나도 만년필을 선물한다고 할까? 아마 그랬다가는 앨리스의 아버지처럼 나도 아내에게 이혼당할지 모른다. 쓸모없는 선물을 했다는 이유로. 그러나 『예찬』을 쓴 미셸 투르니에는 "선물이란 쓸모없어야 한다"고 말했다. 특히 크리스마스 선물은 받는 이에게 아무 소용이 없는 것이라야 한다고. 동방박사들이 아기 예수에게 예물로 바친 황금과 유향과 몰약이 크리스마스 선물의 원형일 텐데 그것들이 대체 아기 예수에게 무슨 소용이 있었겠느냐며.

미러링
어쩌면 동방박사의 선물을 좋아할 것 같은 아내는 이제 주진형 전 한화투자증권 대표처럼 말을 또박또박 끊어서 다시 묻는다.
  "그러니까 무, 슨, 선, 물, 할, 거, 야?"
  그러게. 무슨 선물을 한다고 해야 하나? 이럴 때 청문회에 나온 증인들은 어떻게 대답했지? 모릅니다. 알지 못합니다. 기억이 나지 않습니다. 이런 대답들 말고. 맞아. '미러링'이란 게 있었지. 질문에 대한 가장 좋은 대답은 질문자에게 그가 한 질문을 그대로 돌려주는 것이다. 나는 아내에게 물었다.

"당신은 이번 크리스마스에 나한테 무슨 선물할 거야?"

순수한 선물
아내는 예상 질문이었다는 듯 회심의 미소를 짓는다.
"비밀이야. 선물은 비공개가 원칙이야."
김현경 선생의 『사람, 장소, 환대』에는 이런 문장이 있다. "순수한 선물이란 결국 경제적으로 의미를 갖지 않는 선물, 실제로 그것이 지니는 물질적인 가치와 무관하게, 상징적인 관점에서만 평가되는 선물을 말한다." 선물의 가치는 상징적인 데 있으므로 선물은 내용보다 형식이 더 중요한지도 모른다. 선물을 주고받는 행위 그 자체가 선물이 아닐까. 아내가 정답을 알려주었으니까.

선물 주고받는 행위

설거지

"오늘 설거지는 내가 할게."

눈 오는 날 고추장찌개로 저녁 식사를 마친 후 나는 앞치마를 두르고 고무장갑을 꼈다.

나는 요리를 잘하고 싶지 않다. 요리 잘하는 남자가 인기 있고 대세라고 하지만 상관없다. 나는 요리를 못한다. 아니 안 한다. 아내가 요리를 잘하기 때문이다. 아내가 해주는 음식은 무엇이든 맛있다. 아내는 원래 요리에 재능이 있는 데다 결혼 후 수십 년에 걸쳐 요리 실력을 갈고 닦았다, 라는 주장도 가능하겠지만 그것보다는 남편의 입맛을 자신이 만드는 음식에 강제로 길들였다, 라는 반론이 훨씬 설득력이 있다.

나는 요리보다 설거지를 잘하고 싶다. 식탁에 잘 차려진 음식이 먹음직스럽게 보이는 것처럼 싱크대에 가득 쌓인 그릇들이 '씻음직스럽게' 보일 지경이다. 오해는 마시길. 좋아한다고 해서 자주 한다든지 잘 하는 것은 아니다. 어쩌면 가끔, 드물게 하기 때문에 여전히 설거지를 좋아하고 있는지도 모른다.

설거지를 하면서 나는 이런 생각을 했다. '나는 왜 설거지를 좋

아하는 걸까?' 무엇보다 그 일이 단순노동이기 때문인 것 같다. 단순노동에는 몇 가지 장점이 있다. 그야말로 일이 단순하다는 것, 대부분 일련의 동작을 반복한다는 것, 그리고 이 단순하고 반복적인 작업이 의외로 사람을 진정시키는 힘이 있다는 것, 안정감을 준다는 것. 단순노동을 하다 보면 머리가 맑아지고 마음도 밝아진다.

나는 전에 공장에서 체인을 조립하는 단순 작업을 한 적이 있었다. 대개 단순노동은 여럿이 함께하게 되는데 복잡한 일을 할 때와 달리 서로에게 훨씬 너그러워진다. 그리고 대화가 시작된다. 커피점이나 카페, 심지어 술집에서도 좀처럼 속마음을 열지 않고 말이 없던 사람도 슬슬 자신의 이야기를 꺼낸다. 잘 웃기까지 한다. 그다지 우스운 이야기도 아닌데 말이다. 작업이 끝나고 손을 씻을 때쯤엔 같이 일한 사람들끼리 굉장히 친해진 느낌이 들었다.

현대의 인간이 불행한 것은 단순노동을 기계에게 빼앗겼기 때문 아닐까. 일자리를 빼앗겨서가 아니라 단순노동이 주는 안정감과 대화를 잃어버려서는 아닐까.

설거지를 하면서 나는 아내에게 대화를 시도한다.

"중학교 때인가 고등학교 1학년 때인가 적성검사를 한 적이 있는데 말이야. 그때 결과가 어떻게 나온 줄 알아? 글쎄 내 적성에 맞는 일이 '단순노동'이었어. 당시엔 엄청 충격도 받고 검사 자체를 불신하고 그러다 좌절도 하고 그랬는데, 지금 돌이켜보면 그 검사가 정확했던 것 같아. 이렇게 설거지 같은 단순한 일을 경험하면 할수록 내 적성에 맞는 것 같거든."

"그래요? 그럼 혹시 당신 같은 경우가 이 책에 나오는 '바보들을 위한 생태적 지위'와 관련이 있는 건가?"

소파에서 유발 하라리의 『사피엔스』를 읽고 있던 아내가 책의 몇 구절을 대강 읽어준다.

"'수렵채집 시대에 생존하려면 누구나 뛰어난 지적 능력을 지녀야 했다. 하지만 농업과 산업이 발달하자 사람들은 생존을 위해 다른 사람들의 기술에 더 많이 의존할 수 있게 되었고, '바보들을 위한 생태적 지위'가 새롭게 생겨났다. 별 볼 일 없는 유전자를 가진 사람이라도 살아남을 수 있으며, 단순노동을 하면서 그 유전자를 후손에게 물려줄 수 있게 되었다.'"

별 볼 일 없는 유전자를 가진 남편은 이제 설거지를 마치고 손에 남은 물기를 앞치마에 닦으며 바보처럼 아내를 바라보았다. 우월한 유전자를 가진 게 분명해 보이는 아내는 남편이 설거지한 그릇들을 살펴보았다. 마치 그 지위가 내게 적합한가 아닌가를 확인하는 것처럼.

"수고했어요. 수고는 했는데 잘하지는 못했어. 설거지가 단순하다고 그랬죠? 설거지는 단순하지 않아. 단순한 것처럼 보이는 일 대부분이 사실 단순하지 않아요. 설거지하기 전에 환기부터 하고 그릇 놓을 공간도 확보하고 설거지할 그릇들도 기름기 있는 것과 없는 것, 큰 그릇과 작은 그릇, 불릴 것과 아닌 것으로 분류하고. 씻는 순서도 중요하죠. 또 헹굼이 얼마나 중요한지 몰라요. 당신은 한 번 물에 쓱 씻고 말죠. 그러면 세제가 그대로 남아 있어서 안 돼요. 이것 봐요. 세제가 그대로 남아 있잖아요. 건성으로 하면 안 된다 말이죠. 작은 일일수록 정성을 갖고 해야죠. 그래도 수고했어요. 고마워. 커피 내려 줄까?"

"아니, 내가 내릴게."

아무래도 설거지 말고 더 단순한 일을 찾아야겠다.

설거지 단순한 일의 복잡함

수

모든 시대, 모든 사회에는 저마다의 '안다' 형이 있다. 모든 것을 안다는 동네 지식인. 무엇이든 물어보면 모른다 하지 않고 안다고 말하는 사람. 1970년대 부산의 산복 도로 동네에도 역시 '안다' 형이 있었다.

나는 여러 과목에 걸쳐 골고루 공부를 못했지만 특히 수학은 바닥이었다. 초등학교 때는 어떻게 수업을 따라갔는데 중학교에 올라가자 점점 어려워지더니 수학 시간이 되면 몸이 아팠다. 숫자만 보면 머리가 어지럽고 속이 울렁거리고 숨이 막히고 식은땀이 났다. 나는 '안다' 형을 찾아갔다. '안다' 형은 화투 점을 치고 있었다.

"뭐야. 님이 오신다더니 네가 온 거야? 화투 점, 이거 실망인걸."

나는 수학이 어렵고 수가 싫어서 학교를 그만두고 싶다고 말했다. '안다' 형은 다 안다는 표정으로 웃었다.

"안다. 네가 수를 어려워하고 싫어하는 것. 그럴 수 있다. 그렇지만 수를 모르면 안 된다. 피타고라스는 말했다. 모든 것은 수로 이루어져 있다. 나는 말한다. 수는 모든 것으로 이루어져 있다. 언뜻 들으면 같은 말 같지만 다르다."

'안다' 형은 화투 한 장을 들어 보이며 몇 개냐고 물었다.

"하나."

"그래. 하나지. 그런데 하나가 뭐냐?"

나는 슬슬 속이 메스꺼워졌다. 고개를 좌우로 흔들었다.

"너는 하나를 모르는구나. 내가 그랬지. 수는 모든 것으로 이루어져 있다고. 하나는 맨 처음에 나오는 수잖아. 그러니까 무엇을 의미할까? 좀 상상을 해봐. 지금부터 내가 하나를 가리켜줄 테니 열을 깨우치도록 해."

나는 '가리키다'가 아니라 '가르치다'라고 해야 하는 거 아니냐고 따졌다. '안다' 형은 다 안다는 표정으로 웃었다.

"안다. 가리키는 게 가르치는 거다. 하나는 무엇이냐? 하나는 '하늘'을 가리킨다. 발음도 비슷하지. 하늘을 봐라. 해가 뜨고 해가 지고 달이 차고 달이 기울지. 하늘은 시간이다. 그럼 둘은 뭐냐?"

'안다' 형은 내 대답을 기다린다기보다 그저 잠시 뜸을 들이는 것 같았다.

"둘은 '들'을 가리킨다. 들은 곧 땅이다. 하늘이 있으니 땅이 있어야 할 것 아니냐. 땅은 공간이다. 하늘과 땅이 있으니 시공간이 되는 거지. 셋은 뭘까? 하나와 둘을 배웠으니 열은 몰라도 셋은 알아야지."

"셋은 '씨앗'을 가리킨다. 하늘과 땅에서 살아 꿈틀대는 모든 것들. 동물이고 식물이고 인간이고. 씨앗은 생명이지. 이렇게 해서 천지인이다. 그럼 넷은 뭐냐?"

나는 더 이상 내게 묻지 말고 계속 말하라고 했다.

"넷은 '낳다'를 가리킨다. 낳는 것은 생명의 활동이며 운동이고 운명이고 본능이지. 생육하고 번성하는 것. 또 농사짓고 고기 잡고 공장에서 물건 만들고 하는 모든 것들. 생산이지. 다섯은 '다스리다'를 가리켜. 다스린다는 게 뭐냐? 생명을 잘 보살피는 것이다. 생명들이 생육하고 번성할 수 있도록 살피고 북돋우는 것이지. 그런게 정치야."

"여섯은 '잇다'를 가리킨다. 전승이고 계승이지. 역사를 알아야해. 새로운 것도 알고 보면 오래된 옛 것에서 나오는 법이거든. 일곱은 '일깨우다'를 가리켜. 교육을 말하는 거지. 이쯤에서 순서를잘 생각해 봐. 다섯 다음에 여섯이 나오고, 여섯 다음에 일곱이 나오는 순서를."

"여덟은 '열고 닫다'를 가리킨다. 열고 닫는 게 뭐냐? 문이지. 문이 있는 곳이 경계인데, 문에는 벽도 있지만 길이 있지. 문으로 무엇인가 들고 나지. 문물이, 문화가 오가는 거야. '열고 닫다'는 소통과 문화다."

발음의 유사성 때문에 그럴듯했지만 안다 형의 이야기는 믿을 수 없었다. 어디서 본 것인지 아니면 혼자 상상으로 지어낸 것인지 알 수 없었다.

"아홉은 '어울리다'를 가리켜. 지금까지 나왔던 모든 것들의 어우러짐, 조화 말이야. 상상해 봐. 이 숫자의 세계가 얼마나 아름다운지. 마지막으로 열은 뭐냐?"

"그건 좀 알 것 같은데. '열다' 아니야?"

"맞아. 아홉까지 가르치니 비로소 열을 아는 녀석이네. 그래. 열은 온전한 자유, 온전한 해방을 가리켜. 이상향이지. 씨앗의 열매이고. 하나에서 시작한 숫자 이야기가 열에서 열매를 맺는 거지. 열매는 다시 씨앗이 될 거고. 그렇게 순환하는 거야. 하나에서 열까지 다 가르쳤으니 다시 한번 물어보자. 삼이 뭐냐?"

"씨앗이라며, 생명이고."

"셋이 아니고 삼 말이야, 3."

"아라비아 숫자 3? 모르겠어. 인삼이나 산삼은 아닐 거고."

"3도 몰라? 3은 나들이다. 밖에 놀러 나가자."

'안다' 형은 벚꽃이 그려진 화투를 들어 보였다.

수 수는 모든 것으로 이루어져 있다

# #
수박

내가 기억하는 수박의 맛은 좀 뜨뜻하다. 수박을 먹은 최초의 기억은 초등학교 4학년 때쯤이다. 기억을 못해서 그렇지 아마 그 전에도 나는 여러 번 수박을 먹지 않았을까. 서너 살 정도로 보이는 내가 내 얼굴보다 커 보이는 수박 한 조각을 양손에 들고 있는 흑백 사진이 있으니까 말이다. 그런데도 나는 그때 먹은 수박에 대한 기억이 전혀 없다. 어쩌면 사진만 찍고 수박은 먹지 못했던 것은 아닐까, 하는 비합리적 의심이 든다.

'따고 배짱'이라는 말이 있다. 그 말의 기원에 대해서는 도박과 관련된 말이라는 설이 가장 유력하다. 그러니까 아직 판이 다 끝나지 않았는데 그때까지 돈을 가장 많이 딴 사람이 무슨 급한 일을 핑계대면서 갑자기 그만하겠다고 할 때 그 판에 있던 나머지 사람들이 돈을 딴 사람에게 느끼는 당혹감과 배신감의 표현이 바로 '따고 배짱이냐?'라는 것이다. 일리가 있다. 그러나 나는 다른 기원을 생각해본다. 그 말은 어쩌면 수박과 관련된 말인지도 모른다.

예전에는 수박을 팔 때 수박 장수가 수박에 삼각형으로 솜씨 좋게 칼집을 낸 다음 칼끝으로 쿡 찍어 삼각뿔 모양의 수박 조각을 들어 올리며 손님에게 맛보기를 권하곤 했다. 부담 갖지 말고 그냥 맛만 한번 보라면서. 하지만 수박 장수의 말을 그대로 믿었다간 낭패를 보기 십상이다. 그 수박 한 조각이 보기에도 맛있어 보이지만 한 입 먹고 나면 안 사고는 못 배길 정도로 맛있기 때문만은 아니다. 이미 따버린 수박은 다시 팔 수 없기 때문이다. 만일 안 사고 그냥 가는 사람이 있다면 수박 장수로부터 '따고 배짱이냐'라는 소리를 뒤통수로 들어야 하지 않았을까.

부산 하단에 살 때의 일이다. 늦여름 토요일 오후로 기억하는데 아버지는 어디선가 낮술을 마시고 취해 오셨다. 한 손에 내 머리통보다 더 큰 수박 한 덩이를 들고. 아마 술집 근처에 리어카를 두고 수박을 파는 수박 장수에게 샀을 것이다. 어쩌면 수박에 삼각형으로 솜씨 좋게 칼집을 낸 다음 칼끝으로 쿡 찍어 삼각뿔 모양의 수박 조각을 들어 올리며 "부담 갖지 말고 그냥 맛만 한번 보라"는 수박장수의 권유에 넘어갔을지도 모른다. 아니면 술기운에 식구들 생각이 울컥 났는지도 모르고.

아버지는 버스를 타고 오는 내내 수박을 들고 있었을 것이다. 식구들 먹일 생각에 별로 무거운 줄도 몰랐을까. 그래도 수박은 무거웠겠지. 수박을 들고 오는 동안 아버지는 버스 정류장까지 한참 걸어갔고 버스를 타고 내리고 정류장에서 집까지 한참을, 공터를 지나 또 한참을 걸었을 것이다. 그러는 사이 수박은 어디에선가 부딪쳐 멍이 들었다. 아내와 새끼들 먹이려고 들고 온 수박은.

스무 살 무렵에 나는 「낮달」이라는 시를 한 편 썼다. 부끄럽지만 옮겨본다.

"아직 볕살이 더운

늦여름 오후 거나한 아버지의 귀가는
오른손에 단단히 쥐고 계신
부끄러운 수박 한 덩이로
어디쯤서 멍이 들고

공터를 지나 휘영청
가누기 겨운 불혹
더딘 발걸음으로
휘 영 청 청
집으로 다가올수록 자꾸
움츠러드는 아버지 야윈
어깨"

그날 우리 식구는 여기저기 멍이 든 수박을 뜨뜻한 채로 먹어야 했다. 수박은 차게 해서 먹어야 맛있는데 아버지가 하도 재촉해서 바로 먹었다. 맛은 온도가 중요하다. 아무래도 뜨뜻한 수박은 맛이 없다. 그래도 우리 식구는 그 뜨뜻한 수박을 먹었다. 겉은 여기저기 멍이 들었지만 속은 붉고, 까만 씨가 빼곡히 박혀 있었다. 수박은 먹으면 배가 부르다. 수박 한 덩이에는 얼마나 많은 물이 들어있을까? 그걸 먹고 난 식구들은 배가 올챙이처럼 튀어 나왔다. 다들 뱃속에 수박 한 덩이씩 품은 것 같았다. 그때는 맛있게 배부르게 먹었지만 지금 생각해보면 그 수박 속은 지금 내 나이보다 열 살쯤 더 젊은 아버지의 붉고 검은 속 같다. 부모를 모시고, 아내와 네 자식을 건사하느라 여기저기 멍이 든 가장의 뜨뜻한 속 같다.
 수박 생각을 하면 그날 먹었던 뜨뜻함이 떠오른다. 올챙이처럼 튀어나왔던 배도. 오늘 집에 가면서 내 머리통만한 수박 한 덩이를 사가야겠다. 그 전에 우선 낮술부터 한잔 마시고.

#수박 뜨뜻한 마음 한 덩이

수첩

수첩을 잃어버렸다. 울산하늘공원에서 생긴 일이다. 아버지는 화장한 다음 유골을 산하에 뿌리라는 유언을 남겼지만 우리는 그 뜻을 따르지 않았다. 그리울 때 찾아가 울 장소가 필요할 것 같았다. 아버지 유골을 추모의 집에 봉안하기로 했다. 고인의 이름과 태어난 날, 돌아가신 날을 봉안함에 새겨준다며 시설공단 직원은 아버지의 생년월일을 물었다. 아버지 생신이 생각나지 않았다. 분명히 기억하고 있었는데. 마치 머릿속이 하얗게 가루가 된 것 같았다. 그때 수첩 생각이 났다. 나는 조부모 제삿날과 가족의 생일을 모두 수첩에 정리해 두었고 수첩을 항상 내 양복 안주머니에 넣고 다녔다.

"잠깐만요. 수첩에 있어요."

나는 상복 안주머니를 뒤졌다. 없다. 주머니에 들어있던 것들을 모두 꺼냈다. 사망진단서와 화장시설 사용허가증과 돈을 넣어둔 봉투 등은 모두 그대로 있었지만 수첩은 없었다. 몇 번이나 뒤졌지만 찾지 못했다.

아까 2층에서 돈 봉투를 꺼내다가 흘린 것은 아닐까. 나는 2층 대기실로 뛰어가서 내가 있었던 자리 부근을 살핀다. 사람들이 내

주위로 모여든다. 장례 지도사가 무슨 일이냐고 묻는다.

"수첩을 잃어버렸어요."

"중요한 게 들었나요, 돈이나 카드 같은?"

"네. 중요한 게 들어있어요. 돈이나 카드는 없지만요."

"어떻게 생겼어요?"

"그냥 수첩처럼 생겼어요."

"재질이나 크기나 색깔 같은 게 있을 거 아닙니까?"

"스마트폰만 한 크기에 파란색 종이로 된 수첩이에요."

"요즘도 수첩 쓰는 사람이 있구나."

모르시는 말씀. 얼마 전까지 우리나라 정부는 '수첩 정부'였는데. 대통령도 '수첩 공주'라고 불릴 정도로 수첩에 꼼꼼하게 메모했고 장관도 수석들도 수첩에 뭔가를 빼곡하게 받아 적었는데. 결국 수첩에 적힌 글자들이 자신들을 파면했고 구속시켰지만.

밀로라도 파비치의 소설 『하자르 사전』에는 '수첩 공주'는 아니지만 글자 때문에 죽은 공주 이야기가 나온다. 아테 공주는 항상 잠자리에 들기 전 양쪽 눈꺼풀 위에 글자를 하나씩 써두었다. 시각 장애인이 쓴 그 글자들은 적으로부터 공주를 보호하기 위한 것이었다. 누구든 그 글자를 읽으면 즉사했다. 하루는 공주의 하인들이 공주를 기쁘게 하려고 거울 두 개를 선물했다. 빠른 거울과 느린 거울. 빠른 거울에는 미래가 비쳤고 느린 거울에는 과거가 보였다. 어느 이른 봄날 아침 공주는 잠에서 깨어 두 개의 거울에 비친 자신을 보았고 순식간, 그러니까 눈 깜짝할 사이에 죽었다. 눈을 감았다 뜨는 순간 자신의 눈꺼풀 위에 적힌 두 글자가 거울에 비쳤기 때문이다. 자신을 보호하기 위해 써둔 글자가 과거와 미래에서 동시에 날아와 공주를 해친 것이다.

158

나는 그날 내 동선을 되짚어 따라가며 찾아보았지만 어디에서도 수첩을 발견하지 못했다. 이윤기 선생은 잃어버린 물건을 찾을 때 이미 한 번 찾았던 곳에 그 물건이 있다면 낭패라고 했다. 나는 지나쳐 온 곳들을 다시 샅샅이 살펴보았지만 역시 찾지 못했다. 이제 2층 대기실에 있는 모든 사람들이 수첩을 찾는다. 장례 지도사, 운구 차량 기사, 친척들, 심지어 다른 집 상주와 유족들까지 나서서 내 수첩을 찾느라 분주하다.

　아내가 내게 물었다.

　"대체 수첩에 뭐가 적혀 있는데?"

　"아버지 생신. 봉안함에 아버지 생일을 적어야 하는데 기억이 안 나."

　"음력 8월 23일이잖아."

　"맞다."

　시설 공단 직원에게 말했다.

　"이제 됐습니다."

　"수첩을 찾았나요?"

　"아뇨, 아버님 생일을 알았으니 됐습니다."

　"수첩에 중요한 게 있다면서요."

　"그래도 어쩌겠어요. 이미 잃어버린걸요."

　끝내 수첩은 찾지 못했다. 잃어버리지 않은 물건을 찾을 수는 없으니까. 탈상제를 치르고 상복을 반납하고 원래 내 옷으로 갈아입을 때 나는 내 재킷 안주머니에 들어있는 수첩을 발견했다. 그러니까 처음부터 상복 안주머니에는 수첩이 들어있지 않았던 것이다. 장례식장을 떠나기 전 장례 지도사와 마지막 인사를 나누었다. 장례 지도사는 내게 위로와 격려의 말을 한 다음 수첩 이야기를 했다.

"어떻게 해요? 수첩을 잃어버려서 ……. 혹시 나중에라도 찾게 되면 연락을 드릴게요."

나는 아무 말도 하지 않았다. 내 안주머니에 들어있는 수첩에 대해서도. 돌아오는 차 안에서 나는 정말 중요한 걸 잃어버린 기분이 들었다.

#수첩 감추고 싶은

# #
스마트폰

외뇌

인간의 뇌는 내뇌와 외뇌로 이루어져 있다. 내뇌의 무게는 성인의 경우 대략 1.5킬로그램인데 반해 외뇌는 대부분 130그램 정도로 내뇌의 1/10 정도에 불과하다. 내뇌는 우리 몸속에 고정되어 있는 반면에 외뇌는 이동이 가능하고 휴대하기 좋다. 크기는 겨우 가로 7센티미터, 세로 14센티미터이고 두께도 7밀리미터 정도라서 한 손에 쥐기 편하다. 외뇌를 작동 시킬 때 주로 손에 들고 하는 경우가 많아 '손뇌'라고도 부른다.

넘어진 여자

여자는 택시를 잡기 위해 인도에서 차도로 내려섰는데 턱의 높이를 제대로 가늠하지 못했는지 그만 발을 헛디뎌 앞으로 넘어졌다. 다행히 신호에 걸려 차들이 서 있을 때라 여자는 아스팔트에 넘어지기만 했다.

오른쪽 빨강 하이힐이 벗겨지고 왼손에 들었던 테이크아웃 용 종이컵에서는 아메리카노 커피가 밖으로 뛰쳐나와 잠시 1월의 차가운 아침 공기 속에 머물렀다가 강남대로 아스팔트 한 부분을 뜨겁게 데웠다.

여자는 벌떡 일어났다. 모든 것이 엉망이었다. 여자의 머리와 얼굴과 짧은 코트와 치마에는 먼지와 흙이 묻었고 검정 스타킹 무릎은 마치 오늘의 불운처럼 또렷하게 구멍이 났다. 깨진 무릎에서는 피가 살짝 배어 나와 아침 햇살에 반짝였다. 여자는 무릎에 난 상처보다 스타킹이 더 신경 쓰이는지 풀려버린 올들을 몇 번 끌어당겼다. 그리고는 치마와 코트에 묻은 흙먼지를 털고 머리를 이리저리 흔들더니 앞에 선 택시를 탔다. 그때까지 여자는 오른손에 쥔 스마트폰을 한 번도 놓지 않았다.

스마트폰 집사

고양이를 기르는 사람을 '고양이 집사'라고 부르기도 한다. 사전에 따르면 집사는 주인 가까이 있으면서 그 집 일을 맡아보는 사람이다. 고양이 기르는 일이 마치 까다로운 주인 모시는 집사 일과 비슷하다고 해서 그렇게 부르는 것이다. 그러니까 강남대로에서 넘어진 여자는 '스마트폰 집사'다.

마술의 비밀

'안다' 형은 나 같은 동네 조무래기들을 모아놓고 화투로 마술을 보여주었다. 군용 담요 위에는 화투가 아무렇게나 펼쳐져 있다. 형은 손으로 그걸 마구 섞는다. 우리 중 한 녀석에게도 마음껏 섞어보라고 한다. 그런 다음 형은 거기 놓인 화투를 한 장씩 무작위로 집어 든다. 빠르게. 한 장, 세 장, 다섯 장, 열 장, 스무 장, 서른 장. 그리고 잠시 뜸을 들린 후 차례대로 한 장씩 그 화투가 무엇인지 알아맞힌다. 우리는 놀랐지만 비결은 단순했다. 형은 외우고 있던 몇 개의 전화번호 숫자대로 화투를 골랐던 것이다. 그 무렵에는 누구나 전화번호를 열 개, 스무 개씩 외우고 있었다.

기억상실

페이스북에 이런 글을 올리는 사람이 있다.

'제가 휴대전화기를 잃어버렸어요. 물론 새로 스마트폰을 장만하긴 했는데 저장해둔 연락처가 하나도 없답니다. 죄송하지만 저를 아시는 분, 저와 연락하셨던 분들은 제발 제게 문자 메시지로 연락처를 좀 보내주세요. 휴대전화기를 잃어버린 사람은 마치 기억상실증에라도 걸린 것 같다.'

아무도 전화하지 않았다

주말에 깜빡 잊고 사무실에 휴대전화기를 두고 퇴근했다. 그러니까 일종의 무뇌 상태로 나는 길을 걷고 버스를 타고 집으로 돌아온 것이다. 아파트 현관 앞에 섰을 때에야 비로소 사무실 책상 위에 놓고 온 스마트폰이 생각났다.

휴대전화기는 나보다 나를 더 많이 안다. 그것은 나의 무의식이다. 내가 감추는 나의 욕망을, 나의 과거를, 나의 기호와 취향을 그는 다 알고 있다. 그는 나다. 진짜 나는 사무실 책상 위에 있는데 여기 집에 돌아와 있는 것은 껍데기 같다. 나는 뇌 없이, 주인 없이, 진짜 나 없이 주말을 지내야 한다. 무엇보다 내게 걸려올 많은 전화들, 중요한 문자 메시지들 때문에 나는 불안하고 초조했다.

월요일 아침 출근하자마자 휴대전화기를 확인했을 때 아무도 내게 전화하지 않았다. 문자 메시지도 없었다.

알람

나는 '스마트폰 집사'다. 일할 때도 식사할 때도 책을 읽을 때도
TV를 볼 때도 스마트폰 시중을 든다. 뉴스를 보고, 인터넷을 하고,
음악을 듣고, 페이스북을 하고, '좋아요'를 누르고 댓글을 달고, 팟
캐스트를 듣고, 인스타그램을 한다. 나는 그의 곁에서 잠들고 그의
곁에서 눈을 뜬다. 스마트폰이 진동한다. 주인님이 부른다. 나는
얼른 눈을 뜨고 그와 눈을 맞추고 그의 말씀을 기다린다.

스마트폰 외뇌, 무의식, 주인, 그리고 나

아버지

겨우, 간신히, 가까스로

아무 절차 없이 죽은 자를 땅에 묻을 수도 있다. 그냥 소각장에 던질 수도 있다. 그러나 그러지 않는다. 태어날 때와 달리 죽을 때는 그 형식과 절차가 복잡하다. 장례는, 그러니까 우리 사회가 죽은 사람을 떠나보내는 일은 결코 간단치 않다. 적어도 사흘 동안 장례를 치른다. 고인을 알던 이들이 찾아와 문상하고 명복을 빈다.

다 기억하지 못하지만 수시, 습, 반함, 염, 입관, 성복, 발인 등의 절차가 있었고 그 절차 하나하나가 길고 까다로웠다. 가령 염 하나만 하더라도 삼베로 주검을 싸고 끈으로 묶는데 삼베의 폭이 넓은 것과 좁은 것의 구분이 있었고 가위로 잘라 가닥을 낼 때도 어떤 때는 두 가닥을 내고 어떤 때는 세 가닥을 냈다. 옷을 여밀 때는 왼쪽부터 여민 다음 오른쪽을 여몄고, 어떤 가닥은 묶지 않고 어떤 가닥은 묶었으며, 묶을 때도 위에서 아래로 내려가며 묶는데 매듭이 가지런하여 일직선이 되게 하였다.

이처럼 복잡하고 까다로운 형식과 예를 갖춘 후 겨우, 간신히, 가까스로 고인을 보낸다. 권력자도 부자도 유명인도 아닌 그저 평

165

범한 한 사람을 우리 공동체가 공동체 바깥으로, 사람 아닌 존재로 떠나보내는 일이 이토록 길고 지난하다. 장례의 형식과 절차를 통해 공동체는 그를 사람으로, 존엄하고 거룩한 존재로 대접하며 배웅하는 것 같아서 나는 눈물겨웠다.

아버지의 40곡

신세지는 걸 싫어하던 아버지가 가장 두려워한 것은 치매였다. 사고력과 기억력이 떨어지는 것은 자연스러운 노화 현상인데 그것을 잘 받아들이지 못했다. 과거 있었던 일을 이야기할 때 날짜와 시간까지 고집스럽게 기억하려고 했다. 그런 걸 기억하기란 젊은 이에게도 어려운 일인데 말이다. 지난해 가을에 담낭암 진단을 받고 입원하기 전까지 아버지는 날마다 40곡의 노래를 2절까지 불렀다고 한다. 나로서는 아버지가 노래 부르는 모습이 잘 그려지지 않는다. 노래 부르는 모습을 한 번도 보인 적이 없었거니와 어린 시절 자식들이 노래 부르는 것도 좋아하지 않던 분이었다.

참 시원하구나

나는 자라면서 아버지께 칭찬을 받은 적이 없다. 아버지가 칭찬에 인색한 분이기도 했지만 워낙 내가 뭐 하나 잘하는 게 없는 자식이었다. 이번에 아버지께서 병석에 계실 때 나 혼자 간병한 적이 몇 번 있었다. 병의 진행이 빨라 아버지는 말씀을 제대로 하지 못했다. 형용사, 부사, 조사를 따라 동사와 명사도 점점 사라지고 나중엔 모음 몇 개만 남았다. 내가 말귀를 못 알아든는다고 아버지는 짜증을 부렸다. 물을 마시게 하는 것도, 죽과 반찬을 순서에 맞게 떠 드리는 것도, 몸을 닦아드리는 일도 어느 것 하나 나는 아버지 마음에 들게 하지 못했다. 새벽 3시쯤에 아버지가 손짓으로 나를 불렀다. 웅얼거리시는데 도무지 알아들을 수 없었다. 어찌어찌 겨우 알아들은 내용은 목 뒤를 좀 긁어달라는 것이었다. 나는 아버지의 목 뒤와 등과 팔다리와 발바닥을 긁어드렸다. 아버지가 조금 큰 소리로 몇 개의 모음을 웅얼거렸는데 내 듣기로는 꼭 "참 시원하구나" 같았다.

밥
새벽에 한바탕 고열이 지나간 후 잠시 아버지 정신이 맑아지고 자음 발음도 제법 또렷할 때였다. 아버지가 말했다.
"나는 어릴 때 많이 굶었다. 너희 할아버지가 사람만 좋지 실속이 없었다. 시절이 힘들기도 했다. 밥 때가 되면 친구나 친척 집 앞에서 서성거렸다. 누룽지라도 얻어먹을까 해서. 너는 절대 그러지 마라. 사람은 원래 다 귀하다. 없는 사람이라고 업신여기지 말고 함부로 대하지 말거라. 배고픈 사람을 보거든 꼭 더운 밥 한 그릇이라도 대접하거라."
"아버지 요즘 같은 세상에 밥 굶는 사람이 어디 있다고……."
"그러니까 하는 소리다. 요즘 같은 세상에 밥 못 먹는 사람은 얼마나 더 서럽겠느냐."

아무도 없다
폴 퀸네트는 『인생의 어느 순간에는 반드시 낚시를 해야 할 때가 온다』에서 이런 말을 한 적이 있다. 정확하게는 퀸네트의 아버지가 한 말이지만.
'아버지가 세상을 떠나면, 자기와 죽음 사이에 아무도 없다는 걸

167

알게 된단다.'

2017년 2월 25일 오전 11시 51분 아버지는 마지막 숨을 거두셨
다. 이제 내가 아버지 자리에 섰다는 걸 깨달았다.

저는 아버지께 전화를 자주 드리지 못했습니다.
살가운 자식이 아니기도 했고 막상 통화를 해도
몇 마디 못 나누곤 했으니까요.
일주일에 한 번 정도 했을까요.
그것도 어떤 때는 빼먹고
보름 동안 전화를 안 드린 적도 있었고요.
요즘도 가끔 그 생각을 해요.
아버지께 전화를 드려야 하는데.

아버지 자식과 죽음 사이

# #
아지트

내가 가장 좋아하는 술집, 그러니까 내 아지트인 '물 속의 달'은 버스 정류장에서 내려 집으로 가는 길에 있다. 큰길에서 가깝지만 골목으로 들어서 모퉁이를 두 번 정도 돌아야 만날 수 있다. 그렇게 모퉁이를 두 번 도는 동안 공기가 달라지고 시간의 흐름도 느려진다. 마치 영화 〈화양연화〉에서 모완(양조위)과 리첸(장만옥)이 국수를 사기 위해 지나가던 골목처럼 그곳에서는 모든 동작이 느려진다.

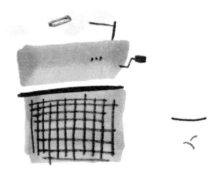

'물 속의 달'에는 간판이 없다. 자세히 살펴보면 문에서 좀 떨어진 벽의 하단 무릎 높이에 문고판 크기의 철판이 있고 그 위에 '물 속의 달'이라는 글자가 윤명조 720 서체로 새겨져 있어 간판이 없는 것은 아니지만, 위치나 크기는 그렇다 해도 조명마저 어두워 간판이라고 하기에는 떳떳하지 못한 것이 사실이다.

이곳의 손님은 대부분 단골이다. 위치도, 간판도, 내부가 전혀 보이지 않는 외관이라 지나가다 들어오기는 쉽지 않은 술집이다. 나도 여기를 발견하고 한 달이나 망설인 끝에 들어갔으니까.

'물 속의 달'의 장점은 많지만 우선 인테리어가 마음에 든다. 블랙과 화이트로 색을 절제했고 조명 역시 최소한으로 사용해 처음엔 너무 어두운 것이 아닌가 싶지만 시간이 갈수록 차분하고 그윽한 공간이란 걸 알 수 있다. 마일즈 데이비스의 사진이 든 액자의 소품들도 있지만 눈에 띄는 것은 아주 큰 스피커들이다.

술집은 주인이 중요하다. '물 속의 달'처럼 주인 혼자서 일하는 곳이라면 주인의 성품이 술집 분위기를 결정한다. 이곳 주인은 무심해 보이는 얼굴의 60대 남자다. 친절하지도 퉁명스럽지도 않다. 손님에게 자꾸 말을 시키지는 않지만 이쪽에서 말을 걸면 대답을 곧잘 한다. 그것도 매번 다르게 말이다. 가령 나는 몇 번인가 그에게 가게 이름에 대해서 물은 적이 있다. 「월인천강지곡」에서 따왔다고 했다가, 위스키 '언더락'을 낼 때 카빙한 '온더볼'이라는 둥근 얼음을 사용하는데 그 원형 얼음이 잔 속에 담긴 모습이 꼭 물 속의 달처럼 생겨서 붙인 이름이라고 했다가, 조지 오웰의 『나는 왜 쓰는가』라는 책에 '물 속의 달'이라는 술집에 대한 에세이가 나오는데 거기서 따온 이름이라고도 했다. 어떤 때는 "그저 '달 속의 물'보다는 낫지 않으냐"며 웃었다.

170

주인의 웃음처럼 음악도 마음에 든다. 여기는 재즈만 튼다. 가게 한쪽 벽면을 재즈 음반으로 꽉 채웠다. 주인은 가끔 음악에 동작을 맞추기도 한다. 특히 오스카 피터슨의 〈Nica's Dream〉 같은 곡이 나올 때면 마치 자신이 피아노를 연주하는 것처럼 눈을 지그시 감고 열 손가락으로 허공의 건반을 쾅쾅 두들긴다.

가끔 사람을 육신으로 만나고 싶을 때도 있다. 약속을 정해 만나려고 하면 쉽지 않다. 시간과 장소를 정하고 동선을 맞추어야 한다. 무엇보다 두 시간 이상을 함께 보낼 각오를 해야 한다. 그럴 수 없다면 포기하고 만다. 그럴 때 아지트가 필요하다. '물 속의 달' 같은. 장소는 정해져 있으니까 시간 날 때 언제든 가면 사람을 만날 수 있다.

주인만큼이나 손님도 중요하다. 가게는 주인의 공간이기도 하지만 그곳을 드나드는 손님들의 성품과 문화와 취향이 섞인 공간이다. '물 속의 달'이란 이름 때문일까. 이곳의 단골손님은 대체로 고요하다. 대화를 해도 시끄럽게 큰소리로 떠드는 사람은 없다. 대부분 혼자 와서 책을 읽거나 뭔가를 쓰거나 그리거나 음악을 들으며 술을 마신다. 눈이 마주치면 가볍게 눈인사를 한다. 대화를 원하면 말을 걸 수도 있다. 나직이 한참 이야기를 나누기도 한다. 그러다 다시 혼자의 시간으로 돌아간다. 혼자지만 함께 있는 시간. 함께 있지만 혼자 있는 시간. 아지트는 그런 시간을 누리는 공간이다.

한 가지 단점이라면 '물 속의 달'은 안주를 팔지 않는다는 것이다. 초콜릿이나 크래커, 치즈 같은 것도 없다. 배고픈 사람은 이곳에 오면 안 된다. 와도 되지만 먹을 게 없다. 먹을 거라곤 술뿐이다. 재즈뿐이다.

'물 속의 달'이란 술집은 없다. 조지 오웰의 에세이에 나오는 것처럼 그저 상상 속의 술집이다. 오웰처럼 나도 한번 상상해본 것이다. 어쩌면 그런 이름의 술집이 어딘가에 있을지도 모르겠다. 그러나 내가 상상하는 그런 아지트는 아닐 것이다.

\# 아지트 물 속의 달

# #
알다

알
'알다'라는 말은 알에서 나온 것이 아닐까. '알다'는 알을 깨고 세상 밖으로 나오는 일인데 '줄탁동기啐啄同機'라는 말처럼 병아리가 알을 깨고 나오기 위해서는 새끼와 어미 닭이 안과 밖에서 동시에 함께 연대해서 알을 쪼아야 한다는 것 아닐까. 나는 병아리니까 일단 알 속에서 시끄럽게 떠든다.

얼큰 수제비
사무실 근처에 있는 '더수제비'는 한강 이남에서 가장 수제비를 맛있게 만드는 집이다. 내가 아는 식당 중에서.

하루는 배 대리, 박 과장과 함께 수제비를 주문하려는데 그곳에서 일하는 분이 "손님은 얼큰 수제비죠?"라고 아는 체를 하기에 그만 "그렇다"고 대답했다. 사실은 그냥 수제비를 주문하고 싶었는데. 그러니까 나는 단골이고, 그는 빅데이터를 통해 내가 얼큰 수제비를 좋아한다는 사실을 알고 있으며, 이번에도 당연히 얼큰 수제비를 주문할 걸 알고 있고, 이렇게 나를 잘 알고 있다는 사실을 내게 알리고 싶다는 것인데 내가 진실한 사람은 아니지만 차마 그의 기대를 배신할 수 없었다.

나는 내 경험의 통계적 평균이 아니다. 나는 변덕스러운 존재다. 어제까지 얼큰 수제비를 먹었지만 오늘은 그냥 수제비를 먹고 싶은 사람이다. 그래도 얼큰 수제비는 맛있었다. 어쩌면 그날 정말 내가 먹고 싶었던 것은 얼큰 수제비가 아니었을까 의심이 들 정도로.

'안다' 형

언젠가 나는 '안다' 형에게 안다는 것이 무엇인지 물었다. '안다' 형은 이렇게 말했다.

"작은 실수는 잘 모르는 것에서 일어난다. 그러나 큰 실수, 치명적인 실수는 잘 아는 것에서 비롯된다. 자신이 잘 안다고 확신하는 것에서 생겨난다. 그러니 안다는 것을 경계해야 한다."

테바이의 '안다' 형

『오이디푸스 왕』의 주제 중 하나는 아는 자의 운명이다. 오이디푸스는 아는 자다. 누구도 풀지 못한 스핑크스의 수수께끼도 아는 자였다. 말하자면 테바이의 '안다' 형이었다. 그는 인간들 가운데 가장 많이 알고 가장 잘 아는 자였다. 또한 그는 끝없이 알고자 하는 자였다. 이 세계의 슬픔과 비참과 고통의 원인을 끝까지 알고 싶어 했다. 결국 그 모든 불행의 원인이 자기 자신이라는 것을 알고 스스로 자신의 눈을 찌르고 자신을 추방한다. 이것이 아는 자의 비극적 결말이다.

칼과 화살

내가 아는 일본어는 식당과 호텔과 공장에서 배운, 이른바 생계형 일본어인데 그나마 알던 말들도 거의 다 잊어버렸다. 그러니까 나는 일본어를 잘 모른다. 그것을 전제로 하는 말이지만, 일본어로 '알다'라는 말에는 '와카루(分る)'와 '시루(知る)'가 있다. 나는 그 두 말의 섬세한 차이를 알지 못한다. 다만 어떤 때는 '와카루'를 사용하고 어떤 때는 '시루'를 쓸 뿐이다. 내가 기이하게 생각한 것은 두 말에 모두 무기가 들어있다는 사실이었다. 와카루의 나눌 분分에는 칼 도刀가 들어있고, 시루의 알 지知에는 화살 시矢가 들어있다. 그것은 인마 살상용 무기다. 한번 휘둘러 쓸어버리면 산하가 피로 물들고, 힘껏 당겨 쏘면 사람의 심장을 꿰뚫는다. 안다는 것은 무시무시한 무기다.

나누다, 앓다

'알다'는 '나누다'이다. '나누다'는 가르고 구분하는 것이지만 또한 함께하는 것이다. 각자의 몫을 나누는 일은 곧 그 성과를 함께하는 일이다. 생각을 나누고 마음을 나누는 것은 대화이고 소통이다. 슬픔과 고통을 나누는 일은 슬픔과 고통을 겪는 사람들과 함께하는 일이다. 함께 앓는 일이다.

아는 것은 병이다. 누군가를 사랑하면 그를 알고 싶어진다. 알면 그를 사랑하게 된다. 알면 사랑하고, 사랑하면 더 알고 싶고, 더 알수록 더 사랑하고 결국 그를 앓게 된다.

'알다'와 '앓다'는 같은 말이다. 너를 안다는 것은 너를 앓는다는 말이다. 너는 나의 질병이다. 나는 너의 증상이다. 나는 너를 알고, 너를 앓고 있으니까 이제 너를 모르던 때로는 결코 돌아갈 수 없다.

모른다

커피숍 옆자리에 앉은 젊은 남녀의 대화를 우연히 듣게 되었다. 낮은 목소리였지만 다투는 것 같은 톤이 신경 쓰였다. 남자가 말했다.

"그래, 그래, 알았어. 알았으니까 그만 좀 해. 내가 사랑한다잖아. 사랑해. 사랑한다고."

여자가 말했다.

"알긴 뭘 알아. 너는 몰라. 사랑한다고? 사랑이 어떤 건지 너는 몰라. 상상도 못할 거야."

모를 때는 다 아는 것 같았는데 조금이라도 알게 되면
아는 것은 산술급수적으로 증가하는데 비해
모르는 것은 기하급수적으로 증가한다는 것을 깨닫습니다.

알다 사실은 모른다

100번 부르다

연우: 1992년이었을 겁니다. 제가 독일 오던 해였으니까요. 육근병 씨라는 한국 예술인이 카셀의 〈도큐멘타〉라는 전시회 개막전에서 행위예술을 하는 겁니다. 도큐멘타는 4년에 한 번 열리는데 개막식에 유럽의 수상들이 다 몰릴 정도로 유명한 전시회죠. 여기서 육근병 씨가 큰 눈이 하나 달린 무덤을 설치하고 사다리를 타고 아주 높이 올라가 마이크를 대고 어머니를 100번 불렀습니다. 각각 다른 느낌의 목소리로 불렀는데 울면서 부르고, 웃으면서 부르고, 통곡하면서 부르고, 흐느끼면서 부르고, 똥 싸는 폼으로 용쓰듯 부르고. 그렇게 육근병 씨가 어머니를 100번 불렀다고 해요. 형, 그런데 왜 100번일까요? 그렇지요. 아마도 100번을 부르면 온전하게, 완전하게, 다 부르는 것이라 그랬겠지요.

우정의 무대

나: 연우야, 나는 어머니를 부른다고 하면 뽀빠이 이상용 씨가 사회 보던 〈우정의 무대〉가 생각 나. 어머니 한 분이 무대 뒤에 있고

목소리만 나오는데 그걸 듣고 있던 병사들이 무대 위로 달려 나와서 모두 자기 어머니가 틀림없다고 고래고래 악을 쓰는 장면 있잖아. 이상하게 나는 그 장면이 그렇게 슬프더라고. 그렇게라도 TV에 나와서 고향에 계시는 부모님이나 애인에게 자기 얼굴을 보여주려는 사병도 더러 있었을 테지. 나중에 연병장에 모인 병사 수백 명이 한 목소리로 "어머니!"하고 부르잖아. 그게 또 눈물겹더라고. 어머니가 무대로 나오고 진짜 아들과 포옹할 때 배경 음악으로, 제목은 모르겠고 "엄마가 보고플 때"로 시작하는 노래가 깔리면 아아, 너무 감상적이야, 생각하면서도 흐르는 눈물을 주체할 수가 없었어. 우정의 무대가 아니라 모정의 무대였나.

소금 심부름

나: 일곱 살이었을 거야. 그때 우리는 부산 대신동에 살고 있었는데 하루는 아침에 어머니가 앞집에 가서 소금을 좀 얻어오라고 심부름을 시키시는 거야. 어머니가 준 그릇을 들고 앞집 문을 두드렸어. 아주머니는 나를 보더니 웃으시면서 잠깐만 기다리라고 하는데 그 웃음이 좀 묘했지. 반가움과 음흉함이 엉켜 있는 웃음. 소금

을 가지러 간 아주머니가 나오더니 소금은 안 주고 다짜고짜 주걱으로 내 뺨을 때리는 거야. 흥부 뺨 때리는 놀부 아내처럼 말이야. 짝! 하는 소리가 동네에 다 울렸을 거야. 그때는 몰랐지. 대체 그 아주머니가 왜 내 뺨을 때리는 것인지. 사람을 때려놓고는 뭐가 재미있다고 생글생글 웃는지. 나는 그 집 앞에 한참을 서 있었어. 서럽고 기가 막혀서. 나를 때린 그 아주머니보다 그런 심부름을 보낸 어머니가 더 미웠어. 그때가 처음일 거야. 큰 소리로 어머니를 불러본 게.

뜨거운 맛

나: 5학년 때쯤이었나, 산복 도로 살 때였어. 그때 내가 참 별났나 봐. 가만히 있지 않고 마구 뛰어다녔으니까. 뜨거운 물이 든 대야를 들고 부엌에서 나오던 어머니와 급하게 뛰어가던 내가 부딪힌 거야. 나는 펄펄 끓던 물을 얼굴에 말 그대로 뒤집어 썼지. 워낙 순식간에 일어난 일이라 어머니도 어찌할 수 없었을 거야. 뭐 화상을 입었겠지. 밤새 한숨도 못 주무시고 어머니는 내 머리맡에서 우셨어. 그 심정이 오죽하셨겠니? 내가 철이 없었지. 그때 나는 이런 생각을 했었거든. 뜨거운 물이 가운데 있고 두 사람이 부딪혔는데 왜 나만 그 물에 데였을까?

　지금은 그저 어머니께 감사할 뿐이지. 나는 그때 이미 인생의 뜨거운 맛을 봤으니까. 또 50대 아저씨치고는 피부 좋다는 말을 듣는데 뜨거운 물세례를 받아서 그런 것 같아.

나를 낳고 또 나를 낳고

나: 두세 살 먹었을 때였는데 아무 이유도 없이 내가 시름시름 앓

더니 곧 숨이 넘어갈 것 같더래. 거의 다 죽었던가 봐. 백약이 무효라서 가족들이 모두 포기하는데 어머니는 그래도 어떻게든 새끼를 살리겠다고 나를 업고 엄동설한에 용하다는 곳을 수소문해서 찾아다녔대. 결국 극약처방을 받아 겨우 살았다는 거야. 내가 그런 목숨이야. 지금도 내 목 뒤에 보면 흉터가 하나 있는데 그때 생긴 거지. 그러니 어머니는 배 아파 나를 낳고 또 나를 살리신 거지. 나를 낳고 또 낳고 또 낳고.

아까 육근병 씨가 어머니를 100번 불렀다고 했잖아. 100번을 불렀으니까 다 부른 거라고 했잖아. 그거 아닌 것 같아. 천 번을, 만 번을 불러도 다 부를 수 없는 이름 같아. 어머니는.

어머니 다 부를 수 없는 이름

# #
엄지발가락

나는 엄지발가락을 바라본다. 첫 문장을 쓰는 일은 어렵다. 그것
은 작가 윤이형이 쓴 아름다운 칼럼 「오지심장파열술을 다시 떠올
리며」에 나오는 것처럼 고통스럽게 엄지발가락을 움직이는 일이
다. 영화 〈킬빌〉에서 전신마비로 병실에 누워 있는 브라이드(우마
서먼)가 자신을 죽이기 위해 간호사 차림으로 복도를 걸어오는 엘
드라이버(대릴 한나), 코드명 '캘리포니아 마운틴 스네이크'로부
터 달아날 수 있는 유일한 방법은 정신을 집중하고 혼신의 힘을 기
울여 마비된 엄지발가락의 감각을 깨우는 일이다. 그러니까 나는
엄지발가락을 바라본다.

　엄지발가락. 눈에서 뇌에서 가장 멀리 떨어져 있는 몸의 일부,
몸의 말초. 다른 발가락에 비해 가장 굵고 가장 짧은 발가락. 발톱
이 앞으로 약간 구부러진 내 엄지발가락은 볼수록 생김새가 이상
하다. 어떤 것이든 자세히 보면 낯설다. 살면서 나는 내 엄지발가
락에 그다지 주목한 적이 없었다. 발톱을 깎을 때도 그저 습관적으
로 볼 뿐 주의를 기울여 자세히 살펴본 적이 없다.

　나는 내 몸을 의식하지 않는다. 내 눈동자와 콧구멍과 혀를 의식

하지 않는다. 식도와 위와 허파와 기관지와 간과 쓸개와 심장을 의식하지 않는다. 내 손목과 팔꿈치와 허벅지와 무릎을 나는 잊고 산다. 나는 내 몸에 발가락이, 엄지발가락이 있다는 사실을 알지 못한다. 그곳이 아프기 전에는.

아프면, 그때 그 아픈 부위가 있다는 것을 깨닫는다. 내 몸에 그것이 있었다는 사실을 깨닫는다. 그것이 나의 일부라는 것을 비로소 자각한다. 만일 통풍 때문에 오른발 엄지발가락이 아프다고 하자. 나는 내 오른발에 엄지발가락이 있다는 사실을 안다. 아프기 전에는 그의 존재를 모른다. '아프니까 청춘이다'가 아니라 아프니까 오른발 엄지발가락이다. 그리고 내 몸은, 내 마음은 온통 아픈 오른발 엄지발가락이 된다. 나는 오로지 아픈 오른발 엄지발가락을 통해 세상을 인식한다.

나는 천식을 앓기 전에는 기관지가 내 몸에 존재한다는 사실을 몰랐다. 한 번도 자각한 적이 없다. 천식 발작을 하고, 기관지가 염증으로 부풀어 올라 숨구멍이 좁아져 호흡이 힘들어질 때, 그때 나는 기관지의 세포 하나하나를 실감한다. 그러나 발작이 지나가고 다시 숨이 고요해지고 몸이 평화를 찾으면 나는 가장 먼저 기관지의 존재를 잊어버린다. 고통은 현재적이다. 과거의 고통은 없다. 고통은 기억되지 않는다. 내가 생생하게 기억하는 것 같은 고통은 그저 흉터이지 실재하는 고통이 아니다. 오직 현재 이 순간 고통 속에 있을 때 그것을 알 수 있다.

몸의 고통, 통증은 절대적이다. 비교할 수도 비유할 수도 설명할 수도 없다. 설명할 수 있다 해도 전달할 수 없다. 나의 고통은 오로지 나의 아픔일 뿐이다. 너는 내 아픔을 이해할 수 없다. 그것은 소통할 수 없다. 불통이다. '집단적 고통'이란 형용모순이다. 고통은 고유하고 개인적이다. 순수하게 개인적이다.

가령 류머티즘 관절염을 앓는 아내가 아파서 끙끙거릴 때에도 나는 아내의 통증을 전혀 느끼지 못한다. 아내의 고통은 내게 전달되지 않는다. 그저 나는 아내가 밤에도 잠들지 못하고 일어나 자신의 다리를 고통스럽게 주먹으로 두드리는 동작을 볼 뿐이다. 통증으로 자신도 모르게 찡그려지는 아내의 얼굴을, 아내의 신음소리를, 아내의 한숨을 보고 들을 뿐이다. 내가 보고 듣는 것의 총체가 아내의 고통일까? 그것은 실제 아내가 감당하고 겪는 고통, 그 엄지발가락에도 가 닿지 못할 것이다. 그런데도 나는 아내 옆에서 마치 아내의 고통을 이해하는 듯한 표정을 짓고 있다.

아픈 아내 옆에서 아픈 표정을 짓고 있으니 내 오른발 엄지발가락이 살살 아파온다. 아무리 작은 아픔이라도 나는 내 아픔에 민감하다. 아픔을 수치화할 수 있을까? 나의 고통과 너의 통증을 비교할 수 있을까? 고통에는 오직 나의 고통만이 현재한다.

나는 아내의 류머티즘보다 살짝 부은 내 오른발 엄지발가락이 더 견딜 수 없다. 오직 내 아픔만이 가장 생생하고 절대적이다. 통증은 질투심이 많아서 몸과 마음을 금세 독점한다. 다른 곳에 신경을 쓸 수 없게 만든다.

이제 나는 내 아픔에 집중한다. 관절 부위가 빨갛게 살짝 부은, 아무래도 통풍이 도진 것 같은 엄지발가락을 나는 바라본다. 겨우 첫 문장을 썼다.

초등학교 때 전체 조례 시간이면 전교생이 운동장에 모여 교장선생님 연설을 들어야 했습니다. 날씨가 무덥고 햇살이 화살처럼 쏟아지는 날 교장선생님의 훈시가 끝없이 길어지면 아이들 몇은 주저앉거나 토하거나 쓰러졌지요. 그럴 때 저는 엄지발가락을 꼼지락꼼지락 움직이곤 했습니다. 정신을 차리려고, 쓰러지지 않으려고 말이죠.

엄지발가락
　첫 문장을 쓰는 일은 엄지발가락을 움직이는 일이다

여자들

중학교 2학년 때 소풍은 특별했다. 가을 소풍이었는데 해운대 쪽으로 갔다. 바다로 간 것은 아니고 근처 산으로 간 것이다. 그날 소풍에 대해 별다른 기억이 없다. 어느 산으로 갔는지 경치가 어땠는지 기억나지 않는다. 여느 소풍과 다를 바 없었기 때문이리라.

학교에서 가는 소풍이란 게 그랬다. 만일 한 지역에서 초등학교부터 고등학교까지 다닌다고 해 보자. 한 해 두 차례 봄, 가을에 소풍을 가는데 수학여행을 뺀다 해도 대략 열여덟 번 정도를 가는 셈이다. 지역에 있는 산이란 산은 다 가고 또 가고 또 가게 된다. 보물찾기와 장기 자랑이 들어 있는 소풍의 프로그램도 비슷하고 매년 싸갔던 김밥 역시 비슷해서 따로 기억할 만한 것이 없다. 약해진 기억력 탓은 아닐 것이다.

그날 소풍이 특별했던 것은 소풍이 아니라 소풍이 끝난 후 생긴 일 때문이다. 산에서 내려와 버스 정류장에서 해산하는 것으로 그날 소풍은 끝났다. 다들 버스를 타고 집으로 돌아가거나 친구들끼리 뭉쳐 시내로 놀러 갔지만 나는 무슨 일인지 약간 감상적인 기분에 빠져 혼자 바다 쪽으로 갔다. 무리 속에 오래 있으면 답답해 어떻게든 혼자 있는 시간을 만들어 영혼의 고독을 찾고 싶었는지 모른다. 그때 나는 어떤 허세도 자연스럽게 어울린다는 중2 남자아이이였으니까.

바다를 보며 중2 남자아이가 무슨 생각을 했는지 잘 기억나지 않는다. 바다 앞에 서면 누구나 사람은 혼자라는 운명적 고독을 생각했을까? 사실은 아무 생각 없이 바다를 바라보고 있었는지 모르겠다. 금세 싫증을 느끼고 나는 역으로 갔다. 고독한 중2 남자아이에겐 완행열차의 낭만이 어울릴 것 같았다.

그날 소풍이 특별했던 것은 바다를 보았기 때문이 아니라 기차를 탔기 때문이다. 철로의 침목에서 올라오는 아지랑이를 보았다. 철로 변에 핀 코스모스도, 가을 하늘을 날아다니던 잠자리 떼도. 정말 본 것이 아니라 그렇다고 기억하는 것이다. 왜냐하면 금방이라도 출발할 것 같은 열차에 서둘러 타느라 그런 것을 감상할 여유가 없었으니까.

열차 안에는 여학생들이 단체로 타고 있었다. 빈자리가 하나도 없을 정도로 말이다. 그 칸만 아니라 다른 칸들도 그랬다. 마치 그 열차를 통째로 빌린 것처럼 말이다. 학교에서 가는 소풍이란 게 그랬다. 비슷한 시기에 같은 지역의 모든 초·중·고에서 같은 지역의 산으로 가는 것이다. 그러니 같은 곳으로 소풍 온 다른 학교 학생들을 보는 게 다반사였다.

열차에 내가 타자 여학생들이 환호했다. 불길했다. 여학생들 역시 특별할 게 없었던 그날의 소풍에서 마침내 그날의 지루하고 밋밋한 시간들을 보상받을 흥미로운 놀이를 발견한 것처럼 눈을 반짝이고 입맛을 다시는 것 아닐까. 나는 굶주린 늑대 무리로 던져진 토끼의 신세 같았다. 사실 나는 토끼띠다. 나는 놀란 토끼 눈을 하고 그들이 이끄는 자리에 가 앉았다. 당황한 내 반응이 그들의 장난기를 더욱 부추기는 듯했다.

원래 여학생들은 수줍음이 많았다. 남학생들과는 눈도 잘 마주치지 못하고 말도 못했다. 그런 줄 알았다. 그런데 그 여학생들은 달랐다. 내가 등하굣길에 보던 그런 여학생과는 전혀 다른 사람들이었다. 여자는 여자들과 다르다. 여자들은 여자의 복수가 아니다. 믿지 못하겠다면 여자들만 탄 열차 칸에 한번 타보면 바로 알 수 있을 것이다.

그날 소풍이 특별했던 것은 기차에 탔기 때문이 아니라 열차에서 내렸기 때문이다. 내릴 때 여학생 한 명이 내 옆으로 와서 말을 걸었다. 이번 일요일 정오에 역 분수대에서 만나자고 말이다. 맞은편 자리에 앉아 나를 보며 계속 생글생글 웃던, 얼굴에 주근깨가 바닷가 모래처럼 반짝이던 여자아이였다.

약속한 날 중2 남자아이는 부산역에 나갔다. 막상 만나본 여학생은 그날 기차에서 본 모습과는 딴판이었다. 열차에서 본 여학생은 뻔뻔스러울 정도로 당돌하고 말도 잘하고 잘 웃는 매력적인 사람이었는데 분수대 앞에서 만난 여자아이는 수줍음이 많고 눈도 잘 마주치지 못하는 그저 평범한 여학생이었다. 그 아이의 얼굴에는 여전히 주근깨가 바닷가 모래처럼 반짝였지만 이제는 눈에 들어온 모래알처럼 버석거렸다. 중2 남자아이는 실망했다. 여학생도 실망한 것 같았다. 만나서 무엇을 했는지 무슨 이야기를 했는지 도무지 기억이 나지 않는다. 중2 남자아이는 어서 헤어지고 싶은 마음뿐이었다. 어떻게든 빨리 고독한 영혼의 허세를 찾고 싶었다.

여자들은 여자의 단순한 집합이 아닙니다.
여자 한 사람과 여자들 속 여자 한 사람은
전혀 다른 사람 같으니까요.

여자들 여자의 복수가 아니다

온도

\#

나는 몇 주째 감기를 앓고 있다. 기침이 심해 목도 아프고 옆구리도 결린다. 기침할 때마다 몸이 활처럼 당겨졌다 퉁겨진다. 인간의 바닥을 긁는 것 같다. 눈이 빨갛다. 나이가 들수록 희로애락의 감정은 물론 몸의 반응도 모두 눈물로 오는 것 같다. 슬프지 않은데 자꾸 눈물이 난다. 내가 일하는 사무실은 너무 춥다. 우리 회사에는 다들 마음이 따뜻하고 몸이 뜨거운 사람만 다니는 것인지 항상 실내 온도를 낮게 한다. 웃자고 하는 소리지만 내가 걸린 감기는 일종의 산재다.

이번 감기가 사무실에서 걸린 건 아니다. 지난 달 추석 전에 부모님이 계신 울산에 다녀오기 위해 탔던 기차 안에서 걸린 것이다. 그러니까 산재는 아니다. 기차 안이 추웠다. 승객에게 쾌적한 실내 상태를 제공하기 위해 실내 온도를 낮게 설정한 것 같았다. 기차에 타 자리에 앉자마자 벗었던 상의를 다시 입었다. 처음에는 괜찮았지만 시간이 갈수록 점점 추웠다. 설마 온도 설정을 영하에 맞춘 것은 아닐까 하는 의심이 들었다. 나는 지나가는 승무원에게 말했다.

"너무 추워요. 에어컨을 좀 꺼주시면 좋겠는데요."

승무원은 웃는 눈으로 나를 본다. 나는 승무원 보라고 양팔로 내 몸을 껴안은 다음 두 손으로 마구 쓰다듬었다. 진심이에요, 장난이 아닙니다, 라는 마음을 담아. 승무원은 고개를 갸웃하더니 그럼 온도를 조금 조절할게요, 라고 말하고 다른 칸으로 갔다. 그는 온도를 조절했을까? 기차가 서울역에 도착할 때까지 여전히 추웠다. 나는 기차에서 내리면서 내가 탄 칸이 영화 〈설국열차〉의 꼬리 칸이 아니었을까 돌아보았다.

예전에 '안다' 형은 청소에 대해 말한 적이 있다. 저녁에 애인이 오기로 해서 방 청소를 해야 한다면서 지저분한 자기 방을 둘러보며 '안다' 형은 이렇게 말했다.

"청소는 간단해. 첫째, 쓰레기를 한 곳에 모은다. 둘째, 모은 쓰레기를 옮긴다. 보이는 곳에서 보이지 않는 곳으로."

그러면서 '안다' 형은 수건이며 옷이며 봉지며 온갖 잡다한 물건들을 한데 모아 비키니 옷장 안으로 싹 집어넣었다. 청소 끝. 나는 도심의 빌딩들이 온도를 처리하는 방식을 볼 때면 '안다' 형의 청소 이야기가 생각났다. 열을 한 곳으로 모아 실내에서 실외로 옮긴다. 그래서 한여름 도심의 건물 안은 너무 춥고 건물 밖 세상은 너무 더웠던 것이 아닐까?

사무실에는 건물에서 틀어주는 전체 냉방이 있다. 그것은 일방적이다. 그들이 정한 시간에 그들이 정한 온도의 바람이 나온다. 그것과 별도로 천정에는 자체 에어컨이 달려 있다. 한여름에는 건물에서 나오는 냉방으로도 더워서 개별 에어컨을 가동한다, 고 하지만 지금은 가을이고 여전히 개별 에어컨을 가동한다.

온도는 누가 관리하는가? 버스와 카페와 사무실의 에어컨을 작동 시키는 결정권자는 누구인가? 적정 온도와 바람의 세기를 판단하고 결정하는 최고 결정권자, 컨트롤 타워는 누구인가? 나도 이 사무실에 근무하는 일원으로서 실내 온도에 대해 한 사람 몫의 권리는 있을 것이다. 민주적인 사회라면 온도 관리에도 민주적 절차와 논의가 있어야 마땅할 것이다. 나는 소수고 그들은 다수다. 내 목소리는 작고 그들의 목소리는 크고 높다. 그들은 솔선수범하고 책임감도 강하고 업무 성과도 높고 애사심도 강하다. 경영진도 그들을 좋아한다. 열심이란 마음에 열을 내는 것일 텐데 열심히 일하니까 더운 게 당연하다. 회사는 열심히 일하는 사람이 더 열심히 일할 수 있는 환경을 만들어주어야 한다. 그것이 경영이다. 마음도 몸도 다 식은 사람에게 돌아갈 온도 따위는 없다.

사무실은 춥다. 웃자고 하는 말이지만 나는 손가락이 곱을 것 같아 입김으로 손을 녹이며 일하고 있다. 피가 얼어붙는 것 같아 손으로 팔과 다리를 주무르며 가슴을 주먹으로 치며 견디고 있다. 온도를 나타내는 숫자는 객관적이지만 몸이 느끼는 온도는 주관적이다. 개인적이다. 나는 추워서 덜덜 떠는데 옆자리 동료들은 덥다고 개인 선풍기를 돌리고 있다. 복도에서 만난 한 동료는 벌게진 얼굴로 더운 숨을 몰아쉬면서 목소리를 높인다.

"오늘 날씨 덥죠? 10월인데도 한여름 같네. 에어컨 온도를 좀 더 내려야겠다."

그러니 내게는 희망이 없다. 만일 강남의 한 사무실에서 근무 중 동사한 50대 회사원에 대한 뉴스가 나오면 그가 나라는 사실만 알아주길 바란다. 웃자고 하는 이야기지만.

어릴 때 친구 녀석들과 시골에 놀러 갔다가
아랫목을 서로 차지하려고 다툰 적이 있었어요.
순전히 장난이었습니다만.
장난하는 김에 '경로당선언'이란 걸 만들었어요.
인류의 역사는 아랫목 차지 투쟁의 역사다.
엉덩이 큰 노인이 아랫목을 차지한다.

온도 목소리 큰 사람이 결정한다

# #
왼쪽

1. 왼손잡이

왼손잡이는 거의 모든 문명에 걸쳐 일정한 비율로 존재하는 것으로 알려져 있다. 대체로 인류의 10퍼센트는 왼손잡이다. 이렇게 말하면 내가 왼손잡이일 것 같지만 나는 인류의 90퍼센트를 차지하는 오른손잡이다. 언제나 나는 평범한 다수에 속한다. 나는 주로 오른손으로 생활한다.

2. 링고는 대칭성에 집착한다

가수 시아나 링고의 사진을 보면 양쪽 쇄골이 심하게 비대칭이다. 그는 원래 발레를 했는데 선천성 식도 폐쇄증 수술 후유증으로 오른쪽 쇄골의 형태가 틀어지고 몸의 좌우 균형이 맞지 않아 결국 중단했다고 한다. 몸의 비대칭이 대칭에 대한 집착을 가져온 것일까. 링고의 음반은 대칭적이라고 한다. 앨범의 중간에 위치한 곡을 기준으로 앞뒤에 있는 곡들이 각각 대칭된다. 서로 대칭되는 곡은 제목의 글자수가 같고 곡의 길이도 비슷하다.

3. 기우뚱한 차렷

나는 링고처럼 수술을 받은 것도 아닌데 몸의 좌우 균형이 전혀 맞지 않다. 군대에서 제식 훈련을 받을 때 가장 기본이 되는 자세가 '차렷 자세'다. 차렷 자세를 제대로 설명하자면 복잡하지만 쉽게 말하면 똑바로 서 있는 자세다. 나는 똑바로 선다고 섰지만 항상 지적을 받았다. 어딘지 비스듬하고 기우뚱 하다는 것이다. 교관이나 조교가 직접 자세를 바로잡아 주려고 했지만 잘 되지 않았다. 잠깐 교정된 것 같다가 금세 틀어져 버리곤 했다. 아무래도 내가 오른손잡이라서 그런 것 같다.

4. 날개도 없는 추락

내가 오른손잡이란 사실을 절감한 것은 국민학교 6학년 때였다. 그 무렵에는 운동회 때 매스 게임이란 걸 했다. 집단 체조 말이다. 우리 학년이 했던 건 일종의 인간탑 쌓기였는데 여러 명의 아이가 서로 어깨를 걸고 원형으로 서 있으면 그 위에 몇 명의 아이가 올라가고 또 그 위에 한 명의 아이가 올라가는, 아찔한 서커스 같은 체조였다.

운동회가 있기 몇 주 전부터 운동장에서 매스 게임 연습을 했다. 나는 맨 위에 올라가는 역할이었다. 그러니까 여러 명의 아이들 어깨 위에 서 있는, 또 몇 명의 아이들 어깨 위로 올라가야 했다. 고소공포증이 있는 내가 어떻게 그렇게 위험한 곳으로 올라갈 수 있었는지 모르겠다.

하루는 그렇게 위로 올라간 내가 허리를 펴고 팔을 벌려서 마무리 자세를 하려는데 가장 아래에 있는 아이 중 하나가 몸을 빼는 바람에 그만 운동장 바닥으로 떨어졌다. 날개도 없는데 추락했다.

그 아이는 힘들어서 못하겠다고, 왜 자기가 맨 위로 올라가면 안 되느냐고, 몸도 자기가 가볍고 체조도 자기가 더 잘하는데 어째서 자신이 올라가면 안 되는 건지 화가 났던 것이다.

5. 무능한 왼손

나는 떨어지면서 손으로 바닥을 짚었고 당연히 오른쪽 손목뼈를 다쳐 운동회 때는 물론 그 후에도 한참 깁스를 하고 다녀야 했다. 덕분에 태어나서 처음으로 왼손의 신세를 져야 했다. 왼손으로 글씨를 쓰고 밥을 먹고 세수를 하고 가방을 들어야 했다. 왼손은 내 마음대로, 내 의지대로 움직여주지 않았다. 서투르고 능숙하지 못했다. 게으르고 힘도 없었다. 왼손의 감각은 퇴화한 것 같았다. 그때 나는 내가 오른손잡이라는 사실을 절감했다.

6. 나는 나의 왼쪽이다

나는 양손을 본다. 왼손은 곱고 오른손은 거칠다. 힘든 일은 대개 오른손이 한다. 무거운 짐도 오른손이 들고, 험하고 어려운 일도 오른손이 맡아서 한다. 따뜻하고 부드러운 안락을 쓰다듬을 때는 왼손도 나서지만 위험하거나 더러운 것을 만지는 일은 오른손이 담당한다.

　그래도 나는 왼손이 필요하다. 손뼉을 칠 때도, 기도를 할 때도 왼손이 없다면 허전할 것이다. 오른쪽은 왼쪽과 연결되어 있다. 내 오른쪽 목의 통증은 왼쪽 허리와 관계가 있다. 왼쪽이 허약하면 오른쪽도 온전치 못하게 된다. 나는 나의 가장 약한 부분이다.

7. 오른손잡이

좌우지간 나는 오른손잡이다. 왼손보다 오른손 힘이 더 세다. 그런 줄만 알았다. 그런데 오늘 몸의 균형을 되찾기 위해 스트레칭을 했는데 합장한 상태에서 양손을 서로 힘껏 밀었는데 왼손이 결코 밀리지 않았다. 혹시나 해서 이번에는 양손을 맞잡은 채 인정사정없이 당겨보았지만 역시 오른손이 왼손을 조금도 더 당기지 못했다. 의외로 왼손의 힘이 센 것은 아닐까.

발터 벤야민은 이런 말을 한 적이 있습니다.
"오늘날 누구도 자신이 할 수 있는 것만을 고집해서는 안 된다.
즉흥적인 것에 강점이 있기 때문이다.
모든 결정적 일격은 왼손 주먹에서 나오기 때문이다."

왼쪽 나는 나의 왼쪽

욕실

욕실은 다용도실이다. 몸을 씻는 일 외에 여러 용도로 사용되는 곳이다. 우선 욕실은 우는 곳이다. 영화나 드라마를 보면 그런 장면들이 자주 나온다. 울기 위해 욕실로 뛰어 들어가는 인물들. 가장 인상 깊은 건 영화 〈라스베가스를 떠나며〉에서 세라(엘리자베스 슈)가 욕실에 들어가 샤워기를 틀어놓고 쪼그려 앉아 우는 장면이다. 영화 내용은 잘 기억나지 않지만 그 장면을 떠올리면 지금도 머리 위에서 물줄기가 쏟아져 내리는 것처럼 슬픔이 온몸을 적신다.

욕실은 노래방인지 모른다. 아들은 평소에는 노래를 즐겨 부르지 않지만 욕실에서 샤워할 때면 자주 흥얼거린다. 그 소리는 뭐랄까, 아들이 듣는 전자음이 반복되어 나오는 음악을 닮았다. 아내는 귀신 나올 것 같은 소리라며 제발 밤늦게 샤워할 때면 자제해 달라고 당부하지만, 부당한 요구라며 아내의 자제는 계속 흥얼거린다. 어쩌면 아들은 우디 앨런이 연출한 〈로마 위드 러브〉에 나오는 미켈란젤로의 아버지처럼 엄청난 음악적 재능을 가진 사람인지도 모른다. 샤워할 때만 노래를 잘 부르는.

남편은 운동을 싫어한다. 운동 후의 땀과 가쁜 호흡과 근육통을

싫어한다. 꿈도 희망도 없이 살아가는 그에게 만일 삶의 목표라는
게 있다면 그것은 어떻게든 몸의 움직임을 최소화해서 사는 것이
다. 그런 그도 욕실에 들어가 거울에 비친 자신의 몸을 볼 때면, 그
러니까 지나치게 중력 친화적인 자신의 가슴과 뱃살과 샤워기의
호스보다 가느다란 팔다리를 볼 때면, 자신도 모르게 맨손 체조 비
슷한 동작을 하고 만다. 그런 동작을 할 때의 남편은 진지하고 심
각한데다 우수마저 깃든 얼굴이라 수건을 수납하기 위해 욕실 문
을 연 아내를 기겁하게 만든다. 남편에게 욕실은 체육관이다.

욕실은 연구실이기도 하다. "유레카! 유레카!"를 외치며 벌거벗은 채 거리로 뛰어나간 아르키메데스가 그 유명한 아르키메데스의 원리를 발견했다는 곳도 욕실이었다. 아내는 아르키메데스의 후예인지도 모르겠다. 아내는 욕실에 들어가면 생각한다. 평소에도 생각하겠지만 욕실에서 샤워할 때면 더 격렬하게 생각하는 것 같다. 샤워기에서 쏟아지는 물줄기처럼 생각들이 아내를 향해 쏟아지는 것일까?

아내가 샤워할 때 남편은 소파에서 책을 읽는다. 남편이 윤이형의 『개인적 기억』을 펼치고 물소리를 배경 음악 삼아 첫 문단을 읽기 시작했을 때 아내가 남편을 부른다. 욕실 문을 열면 아내는 자신에게 떠오른 생각들을 남편에게 쏟아낸다. 그것들은 가령 베란다에 있는 빨래를 걷어라, 냉장고에서 포도를 꺼내 식초 뿌린 물에 담아두라, 같은 일상의 가사에 대한 것이지만 또 일본에 있는 둘째에게 전화를 해보라, 아직 들어오지 않은 첫째에게 문자를 해보라, 문단속을 하라, 가스 밸브를 점검하라 같은 안부나 안전을 확인하는 요청이 대부분이다. 그런 의미에서 보면 욕실은 가족의 안전을 지키는 컨트롤 타워다.

아내는 남편이 전혀 모르는 것을 질문하기도 한다. 마르크스의 『신성가족』에 나오는 '비판적 비판'이 무엇을 의미하는지 찾아보라든지 그리스 사태의 근본 원인이 무엇인지 묻는다. 그것이 왜 지금 욕실에서 아내는 궁금한 것인가 라는 질문은 글쎄, 아르키메데스를 안다면 할 수 없는 질문이다.

아르키메데스를 모르는 남편은 아내에게 질문한 적이 있다. 아내의 대답은 이랬다. 첫째, 샤워하는 동안 해야 할 많은 일들, 궁금한 것들이 마구 떠오른다. 둘째, 그 일들을 하고 싶고 궁금한 것들을 찾아보고 싶지만 당장은 샤워를 하고 있기 때문에 그렇게 할 수 없다. 셋째, 샤워를 하고 나서 하면 되겠지만 샤워 후 몸에 물기 마르듯 그 생각들은 금세 사라져버린다. 넷째, 그러니까 생각났을 때 바로 남편에게 말하는 수밖에 없다.

물론 아내가 부탁하고 요구하는 일은 대부분 남편이 얼마든지 할 수 있는 일이고 마땅히 해야 하는 일이다. 다만 책을 읽을 때, 그러니까 마음의 준비가 안 되어 있는 상태에서 그런 요청을 받는 일이 좀 귀찮을 뿐이다. 남편은 아예 소파로 돌아가지 않고 욕실 앞에 서 있다. 아내가 묻는다.

"당신 왜 안 가고 거기 서 있어?"

"어차피 또 부를 거잖아."

"아니 안 부를 테니 가서 쉬어요."

"정말이지?"

"그럼요."

"약속하지?"

"그럼요."

남편은 거듭 다짐을 받고는 소파로 돌아온다. 다시 책을 펼치고 두 번째 문단을 읽기 시작했을 때 아내가 남편을 찾는다. 남편은 화가 난다.

"왜? 안 부른다고 했잖아."

"아니 아직도 거기 서 있나 궁금해서."

욕실은 대화방이다.

욕실 노래방, 체육관, 컨트롤 타워, 대화방

# #
이야기

이제는 겨우 입술을 적시는 정도로 마시지만 나도 한때는 제법 술을 마셨어. 그 무렵 자주 가던 선술집에 고양이가 있었는데 이름이 '약이'였어. 대개 고양이는 몸무게가 2킬로그램이 넘는데 그 녀석은 1.8킬로그램이라서 '약2'라고 부른다는 거야. 나는 천식이 있으니까 개든 고양이든 길러본 적이 없어. 그래도 동물들이 내게 잘 다가와. '약이'도 나를 잘 따랐어. 고양이답지 않게 말이지. 내 무릎이며 어깨며 심지어 머리 위에도 올라오고는 했거든. 그러면 친구들이 그랬지.

"약이 올랐네."

그때도 장마철이었어. 비가 억수 같이 오는 날이었는데 친구와

약속이 있어 그 술집에 갔지. 그날은 폭우 때문인지 손님이 없었어. 혼자 술을 마시고 있는 여자 분만 빼고는. 처음 보는 얼굴이었어. 거기는 대개 단골이 오는 곳이라 웬만하면 낯이 익은데 말이야.

그날 나는 그 여자와 술을 마셨어. 약속한 친구가 비를 핑계로 결국 오지 않았거든. 여자는 이야기를 잘했어. 어쩌면 사람은 하나의 이야기가 아닐까. 세상도, 세계도, 광대무변의 우주도 한 편의 이야기가 아닐까. 그는 롤랑 바르트의 『사랑의 단상』에 나오는 선비와 기녀 이야기를 했어.

옛날 한 선비가 기녀를 사랑했다. 선비의 사랑을 기녀는 믿지 않았다. 어떻게 해야 내 사랑을 믿어 주겠느냐는 선비에게 기녀는 이렇게 말했다.

"만일 그대가 내 집 정원 창문 아래에 앉아 백일 밤을 기다린다면 비로소 나는 그대 사랑을 믿겠어요."

자신의 사랑을 증명하기 위해 선비는 기녀의 집 정원 창문 아래에 의자를 놓고 앉았다. 하루가 가고 이틀이 가고 열흘이 갔다. 한 달이 가고 두 달이 지났다. 선비는 그곳에 앉아서 날이 저물고 밤이 되는 것과 다시 아침이 오는 것을 보았다. 한 계절이 지났다. 기약한 백일을 하루 앞둔 아흔아홉 번째 되던 날 밤 선비는 자리에서 일어나 의자를 팔에 끼고 그곳을 떠났다.

여자는 맵시 있게 한 잔 마신 후 술잔을 내려놓았어.

"선비는 왜 기약한 백일을 하루 앞둔 날 밤에 떠났을까? 기녀의 사랑을 얻을 수 있었는데 말이죠."

바로 대답하지 못하는 나를 보며 여자가 선비처럼 웃었어. 여자는 이 이야기와 비슷한 다른 이야기가 있다며 체호프의 단편 「내기」 이야기를 했어. 그 단편은 나도 읽었지.

한 모임에서 사형제도에 대한 토론이 있었는데 그 모임을 연 은행가는 종신형보다 사형이 인간적이라고 주장한다. 순식간에 사람을 죽이는 것보다 수십 년에 걸쳐 한 사람의 인생을 빼앗는 쪽이 더 나쁘다고 말이다. 젊은 변호사는 죽는 것보다는 어떤 방식으로든 사는 게 낫다며 만일 둘 중 하나를 택해야 한다면 자신은 종신형을 택하겠다고 한다. 은행가는 내기를 제안한다. 만일 당신이 5년 동안 독방에서 버틴다면 200만 루블을 걸겠다고. 변호사는 내기를 받아들인다. 15년이라도 감옥에서 지낼 수 있다면서. 젊은 변호사는 호언한 기간까지 독방 안에서 지낸다. 수많은 다양한 책을 읽으면서. 마침내 약속한 기한을 다섯 시간 남기고 그는 그곳을 나간다.

여자는 한 잔 마신 후 맵시 있게 잔을 내려놓으며 내게 물었어.

"그 젊은 변호사는 왜 그랬을까? 200만 루블을 얻을 수 있는데 말이죠."

이번에도 내가 바로 대답을 못하자 여자는 변호사처럼 웃었어. 앞에 이야기한 두 이야기와 다르면서 비슷한 이야기가 또 하나 있는데 그게 단군신화라는 거야. 동굴 안에서 햇빛을 보지 않고 쑥과 마늘만을 먹으며 100일 동안 참고 견딘 곰이 마침내 사람이 되는 이야기.

여자는 내게 물었어.

"호랑이는 왜 도중에 동굴을 뛰쳐나갔을까요?"

이번에는 나도 바로 대답했지.

"그거야 호랑이는 성미가 급하고 참을성이 없으니까요."

여자는 호랑이처럼 웃었어. 파안대소. 어찌나 호탕하게 웃는지 그만 얼굴이 다 부서지는 거야. 그 순간 나는 보았어. 부서진 여자의 얼굴이 정말 호랑이로, 러시아의 젊은 변호사로, 중국의 선비로

변하는 광경을. 곧 자신의 얼굴로 다시 돌아온 여자가 말했어.

"그게 아니죠. 다 이야기 때문이지. 그래야 이야기가 되거든요."

여자는 자신의 말이 채 끝나기도 전에 고양이, 그러니까 '약이'로 변하더니 탁자 위로 올라서서 잠시 가게 안을 둘러본 다음 도도하고 우아하게 어둠 속으로 사라졌다.

이야기 들어도 들어도

# #
잣대

만일 모처럼 가족이 외식을 한다고 해보자. 그 식탁에 앉은 사람은 남편과 아내와 아들 셋이지만 사실은 더 많은 사람들이 식사 자리에 온다. 휴대전화기를 통해. 음식이 나오기를 기다리는 동안 아들은 말이 없다. 왜냐하면 선배와 친구와 후배와 이야기하느라 바빠서. 문자 메시지로, 카톡으로, 페이스북과 트위터로. 아들은 식사 내내 휴대전화기를 손에서 놓지 못한다. 그 모습을 남편이 노려본다.

사람은 나이 들수록 못마땅한 것이 점점 많아지는 것일까. 남편은 아들에게 말한다.

"밥 먹을 때는 전화기 좀 내려놓지."

아들은 전화기를 의자에 내려놓는다. 여전히 한 손으로 잡은 채.

애매한 분위기를 바꾸려고 아내가 이야기를 꺼낸다.

"얼마 전에 노 선생님을 만났는데 그분은 중간에 전화가 와도 받지 않더라. 테이블 위에 놓인 전화기가 진동을 하는데도. 내가 받으라고 해도 받지 않고 어디서 오는 건지 확인하지도 않고 조용히 전화기를 엎어두는데 원래도 훌륭한 분이라고 생각하고 있었지만 참 근사해 보이더라. 전화기의 떨림은 멈추었지만 그 순간 내 마음이 살짝 떨리는 것 같더라.”

아내가 이야기 하는 도중에도 아들은 손에서 휴대전화기를 놓지 않는다. 휴대전화기는 질투심 많은 애인 같아서 한시도 자신에게서 눈을 돌리지 못하게 만든다. 음식이 나오기 시작할 때 누군가 아들에게 전화를 한 모양이다. “잠깐만요” 하고 아들은 일어서 바깥으로 나간다. 아들의 잠깐은 길다. 아내는 남편에게 아들의 사정을 설명한다. 아들은 요즘 졸업 작품집을 준비 중인데 막바지 작업 때문에 친구와 선후배들과 연락할 일이 많다고. 리뷰도 받아야 하고 편집에 대한 의견도 계속 주고받는 것 같다고.

남편은 아들의 사정을 이해할 수 없다. 사람은 나이 들수록 점점 이해심이 없어지는 것일까. 남편은 아내에게 짜증을 부린다. 그런 것이 이유가 될 수 있는가. 식사를 마치고 얼마든지 통화해도 되지 않는가. 상대방에게 지금 식사 중이니 나중에 전화를 하겠다고 양해를 구하면 된다. 함께 식사하려고 가족이 기다리고 있는데 그건 예의가 아니지 않은가.

아들이 돌아오고 식사를 하려고 수저를 들 때 남편에게 전화가 걸려온다. 직장 동료다. “잠깐만” 하고 남편은 자리에서 일어선다. 동료의 이야기를 들으니 아무래도 통화가 길어질 것 같다. 아내와 아들은 밥을 먹지 않고 기다릴 것이다. 남편은 눈짓으로 먼저 먹으라고 했으나 그들은 기다릴 것이다. 전화를 중간에 끊기 곤란한 남편의 사정은 모르고 말이다.

남편의 잠깐도 길다. 남편이 통화하는 동안 식탁에 놓인 음식들은 부지런히 식어간다. 딱히 아들이 문제를 제기하지 않았지만 아내는 남편을 변호한다. 원래 회사 일이라는 게 좀 그렇지 않느냐. 진행하기로 한 일이 갑자기 중단될 수도 있고 또 예정에 없던 일을 급히 해야 할 때도 있고. 아들에게 말은 그렇게 했지만 아내 역시 빨리 돌아오지 않는 남편을 이해할 수 없다. 사람은 나이 들수록 점점 혼잣말이 많아지는 것일까. 이제 아내는 아들에게 말하지만 사실은 자신을 설득하는 중이다.

'타인에겐 관대하게 자신에겐 엄격하게'라는 말이 있지만 사실은 거꾸로다. 사람은 원래 남에겐 엄격하고 자신에겐 너그럽다. 왜냐하면 나는 내 사정을 누구보다 잘 알기 때문이다. 따로 노력하지 않아도 그냥 저절로 알 수 있다. 그런데 남의 사정은 잘 모른다. 그건 노력해야 겨우 알 수 있다. 의식적으로 감정이입도 하고, 내재적 접근도 하고, 역지사지도 하고, 상상력도 동원하고 그렇게 부단히 노력해야 비로소 알 수 있다.

또 한 번 안다고 해서 다 되는 것도 아니다. 금세 잊어버린다. 매번 매 순간 끊임없이 노력해야 한다. 불가에서는 '돈오돈수頓悟頓修'니 '돈오점수頓悟漸修'니 하는 말이 있다. 그건 공부를 많이 한 스님들에겐 맞는 말인지 모르겠으나 우리 같은 사람에겐 '점오점수漸悟漸修'다. 끝없이 깨닫고 끝없이 닦아야 한다.

남편이 돌아오고 다 식은 음식이지만 드디어 먹기 시작했을 때 이번에는 아내의 휴대전화기가 울린다. 세미나 동료다. "잠깐만" 하고 아내는 자리에서 일어선다.

아들이 한마디 한다.

"엄마에게도 사정이 있겠죠."

잣대 나에겐 너그럽고 남에겐 엄격하고

제목

글쓰기는 어렵다. 우선 소재 찾기가 쉽지 않다. 주변에 널린 게 소재라지만 막상 쓰려고 보면 다들 조금씩 모자라 보인다. 그것은 애인 없는 사람에게 "세상에 사람은 많아"라며 위로라고 하는 말처럼 공허하다.

  소재를 정했다 해도 여전히 막막하다. 어떤 형식으로 쓸 것인가 하는 문제가 있기 때문이다. 최인훈 선생의 책 『문학과 이데올로기』에서 이런 문장을 읽은 적이 있다. "회개가 타락하면 의식이 되듯이 창조가 타락하면 양식이 된다." 지나치게 형식적으로 되는 것을 경계하는 말이겠지만 나는 저 문장을 다르게 이해한다. 회개든 창조든 그것이 생명력을 유지하려면 일정한 형식을 갖춰야 한다. 우선 의식이 되고 양식이 되어야 한다. 인용한 문장만 보더라도 대구의 형식미를 갖추고 있지 않은가. 고등학생 때 읽은 문장을 지금도 내가 기억하고 있는 것은 문장의 내용보다 그 형식 때문인지 모른다. 그러니 내용에 맞는 형식을 정하는 것은 어려운 일이다.

  만일 소재도 찾고 대강의 형식도 정했다고 하자. 이제부터 글을 써야 할 텐데 첫 문장을 쓰기가 힘들다. 첫 문장은 독자의 마음을 한눈에 사로잡아야 한다. 적어도 두 번째 문장을 읽게 만드는 힘을 지녀야 한다. 두 번째 문장은 세 번째 문장을, 이렇게 모든 문장은 그 다음 문장을 읽게 하는 매력이 필요하다. 역시 힘든 일이다.

어쨌든 마지막 문장까지 썼다고 하자. 제목을 다는 일이 남았다. 제목을 붙이는 일은 글쓰기 전체와 맞먹을 정도로 어렵고 힘든 일이다.

1980년 즈음 부산역 근처에 '현대칼라' 전시장이 있었다. 주로 사진전이 열렸지만 시화전도 열리곤 했다. 내가 다니던 고등학교 시화전도 그곳에서 열렸다. 전시장이 건물 2층에 있었던 걸로 기억하는데 우리는 전시장의 반을 빌렸다. 나머지 공간에서는 어떤 사진대회에서 수상한 사진전이 열리고 있었다.

나는 문학회에 들어있어 시화전 기간 내내 전시장을 지켰다. 다른 친구들은 수업에 빠지는 걸 두려워했지만 나는 수업에 들어가는 걸 두려워했다. 수업에 빠져도 된다는 것만으로 얼마나 좋았는지 모른다. 게다가 시화전에는 여학생들이 많이 왔다. 카뮈나 카프카의 책을 손에 든 여학생들이 시 쓴 학생을 찾아 질문을 하기도 했다. 물론 나를 찾는 여학생은 한 명도 없었다. 만일 있었다면 최인훈 선생의 문장을 인용하며 제법 심각한 표정을 지어주었을 텐데.

아무도 나를 찾지 않는 전시장에서 시간을 보내고 있자니 스스로가 타락해 하나의 양식이 된 것 같은 기분이 들었다. 나보다 더 타락한 것이 분명해 보이는 선배와 함께 전시장의 절반을 차지한 사진전을 보러 갔다.

최대한 천천히 사진전을 보던 나는 흥미로운 사실 하나를 발견했다. 거의 같은 사진이라고 해도 좋을 것 같은 두 사진이 하나는 대상을 받은 작품이고 하나는 그냥 입선 작품이었던 것이다. 두 작품 모두 남해대교를 찍은 사진이었는데 전문가가 보았다면 확연한 격차를 알 수 있었을지 몰라도 문외한인 내가 보기에는 '틀린 그림 찾기'를 해도 좋을 정도로 비슷했다. 오히려 내 눈에는 남해대교를 더 가까이에서 찍은 것 같은 입선작이 나아 보였다.

두 작품의 차이점은 제목이었다. 입선작의 제목은 〈남해대교〉였고 대상 작품의 제목은 〈연결〉이었다. 나는 비웃었다. 상은 작품에 주는 게 아니고 제목에 주는 것인가? 아무렇게나 찍고 그럴듯한 제목만 갖다 붙이면 다 되는 건가?

선배는 그렇지 않다고 말했다. 제목 역시 작품의 일부다. 일부가 아니라 절반이다. 어떤 경우는 거의 전부다. 구도도 빛도 그늘도 모두 중요하지만 대상을 보는 작가의 시각이, 작가의 생각이 더 중요하다. 〈남해대교〉의 작가는 누군가 그 사물에 붙여놓은 이름 그대로 다리를 본 것이지만 〈연결〉이라고 제목을 단 작가는 다리를 섬과 육지를 잇는, 사람과 사람을 잇는, 문화와 문화를 잇는 연결고리로 본 것이다. 그래서 〈연결〉의 작가는 사족처럼 보이는 섬과 육지의 일부 풍경을 앵글에 잡은 것이다. 좋은 제목은 작품을 다시 보게 한다. 세계를 다시 보게 하고 인간을 다시 보게 한다. 더러 〈무제〉라는 제목을 다는 작가들이 있는데 나는 그런 작가를 신뢰하지 않는다. 자신이 감당해야 할 고뇌를 보는 사람에게 떠넘기는 무책임한 짓이다. 제목이 타락하면 〈무제〉가 된다.

나는 시화전에 걸려있는 선배의 시 제목들을 떠올렸다. 그것들은 모두 〈무제〉였다.

제목 타락하면 무제가 되고 더 타락하면 낚시가 되고

# #
조각보

이것은 칠교놀이

로베르트 반 훌릭의 추리소설『쇠못 세 개의 비밀』에 보면 단서의 하나로 '칠교놀이'가 나온다. 칠교놀이는 정사각형을 일곱 조각으로, 그러니까 삼각형 다섯 개와 사각형 하나, 평행사변형 하나로 나누어 글자·동물·식물·건축물 등 수백 가지의 모양을 만들며 노는 퍼즐 놀이다. 소설에서 칠교는 말, 무릎 꿇은 사람, 술 취한 포졸, 춤추는 소녀, 타타르 인, 고양이, 새 등으로 모양을 바꾸며 사건을 전개한다.

'못쓸병'에 걸렸어

아내가 물었다.

"당신 이번 글 다 썼어?"

시작도 못했다. 나는 말을 삼켰다. 아무래도 나는 '못쓸병'에 걸린 것 같다. 작가나 기자처럼 매일 글을 쓰는 사람도 있는데 고작 일주일에 칼럼 한 편 쓰는 것도 나는 힘들다. 쓸 글감도 없다. 어쩌다 괜찮은 글감이 떠올라 쓰려고 하면 '가만, 이거 저번에 썼던 거잖아' 하는 의심이 들고 대개 그런 불길한 예감은 적중하는 경우가 많다. 자신이 쓰는 글이 하찮고 낡고 못나 보인다. '새로운 것을 써야 하는데, 다르게 써야 할 텐데, 뭔가 의미가 있는 글을 써야 하는데….' 그러다 보면 어느새 어깨에, 머리에, 손가락에 힘이 잔뜩 들어가 한 글자도 쓸 수 없다. 내게 글을 단숨에 쓸 수 있는 초능력이 있으면 좋으련만.

망토 혹은 보자기

어릴 때 나는 초능력을 가진 히어로가 되고 싶었다. 히어로가 되려면 망토가 있어야 한다. 왜 슈퍼맨이나 배트맨 같은 히어로는 다들 망토를 두르고 나오지 않던가. 망토는 히어로의 증표 같은 것이다. 망토를 찾았지만 집에는 망토가 없었다. 대신 보자기가 있었다. 조각보. 망토 대신 보자기를 두르고 어린 나는 비로소 히어로가 되었다. 비록 조각보지만 망토를 두르자 초능력이 생긴 것 같았다. 중력을 거슬러 하늘을 날 수는 없어도 지붕에서 뛰어내릴 수는 있을 것 같았다. 정말 뛰어내리자마자 나는 발목이 부러져 잘 걸을 수도 없었지만.

　글을 써야 하는데 자꾸만 생각은 새떼처럼 흩어진다.

궁하면 통한다

흩어지는 생각을 붙잡기 위해 평소에 뭔가 생각나면 그때그때 메모해둔다. 글 쓸 때는 그렇게 메모해둔 것들 중에 혹시 쓸 만한 것이 있는지 뒤적인다. 단서가 있으면 이리저리 생각을 굴려보지만 다들 모자란다. 한 편의 글로 만들기에는 너무 작다. 자투리다. 그저 쓰고 남은 조각들이다. 이것들로는 도저히 글을 만들 수 없다.

가만, 조각들이니까 조각보를 만들면 안 될까? 서로 다른 색과 무늬와 재질의 천 조각을 이어붙이면 하나의 보자기가 되듯 이 자투리 글들을 모으면 한편의 글이 될 수 없을까?

겹
나는 칠교놀이 하듯 모양을 바꾸면서 자투리 글들을 이어붙여 보았다. 그럴듯했다. 다른 생각의 조각들은 모이면서 서로를 밀고 당기는 것 같았다. 그러면서 조각들 스스로 이야기를 만들어내는 것처럼 느껴졌다. 심지어 글에 어떤 '겹'이 생기는 것 같은 착각마저 들었다.

조각들의 연대
토요일 식당에서 점심을 먹는데 옆자리 손님들이 선거 이야기로 시끄럽다.

"그러니까 연대해야 해. 우리처럼 약하고 작은 것들은 연대를 해야 한다고. 강한 것은 연대할 필요가 없어. 뭐? 〈어벤저스〉? 영화 같은 소리하지 말고. 동물들을 봐. 사자나 호랑이 같은 맹수들은 무리 지어 다니지 않아. 힘이 세거든. 강하거든. 그렇지만 약한 것들은 무리를 이루어야, 뭉쳐야 살아갈 수 있어. 그게 힘이거든. 모여야 힘이 된다고. 너 한 송이 꽃이 예쁘면 얼마나 예쁘겠어? 연대해서 함께 피어야 꽃밭이고 꽃사태지. 그게 장관이지. 그걸 알아야 해. 절대 꽃 한 송이 피었다고 봄이 오는 게 아니야. 무더기로 연대해서 함께 피어야 진짜 봄이 오는 거라고."

바보

"다 썼어."

나는 겨우 다 쓴 글을 아내에게 보여준다.

"이게 뭐야. 글을 왜 이렇게 조각냈어?"

"이게 '조각보 글'이라고 요즘 내가 미는 형식이야. 좋아하는 사람들도 있어. 후배 연우도, 창권 아재도 이런 형식이 좋다던데."

"인사말을 진짜로 믿으면 곤란하죠. 당신 말처럼 조각보 글이라면 자투리 글을 이어 붙여 썼어야죠. 이건 글을 한 편 썼는데 밋밋하니까 조각을 낸 것 같은데. 멀쩡한 새 천을 가위질해서 조각보를 만들었잖아."

조각보 자투리들의 연대

# #
지음

1.

'백아가 거문고 줄을 끊었다'는 '백아절현'은 자신을 알아주는 진실한 벗, 지음의 죽음을 슬퍼하는 고사성어입니다.

2.

대머리 아저씨와는 만나고 싶지 않습니다. 그렇다고 제게 대머리 아저씨 혐오가 있다든지 대머리 공포증이 있다든지 그런 건 아닙니다. 왜냐하면 제가 바로 대머리 아저씨인 걸요. 물론 자신을 혐오하거나 무서워할 수도 있겠죠. 그러나 저는 아닙니다. 저는 그렇게 심오하지 않아요. 그냥 제가 대머리라서 그래요. 제가 대머리 아저씨라서요.

3.

제가 헤일로 에이트의 박찬우 본부장을 처음 만난 건 2008년이었던 것 같아요. 당시 비즈니스 블로그를 제대로 하고 싶은데 어떻게 해야 할지 모르겠다는 고민을 말하자 SK 플래닛의 서민정 부장이 그렇다면 전문가를 만나보라며 그를 소개해주었습니다.

언젠가 동료들 따라 사주카페에 갔을 때 2008년에 저에게 큰 행운이 찾아올 거라는 말을 듣고 그때는 웃고 말았지만 지금 생각해보면 박 본부장을 만나 컨설팅을 받은 것이야말로 정말 행운이었습니다. 그를 만날 때마다 새로운 자극과 영감을 받았으니까요.

지금 당장이라도 연락해 그를 만난다면 틀림없이 공부가 될 것입니다만 저는 그를 만날 수 없습니다. 그가 저의 특징 중 하나를 갖고 있기 때문이죠. 그도 대머리거든요. 만일 우리가 만난다면 다른 공통점이나 차이점은 모두 사라지고 단지 두 대머리 아저씨가 만나는 것으로 보일 것입니다. 저는 수염을 기르는데요. 만일 제가 수염 기른 남자, 그러니까 대머리가 아니고 수염을 기른 누군가를 만난다면 저의 여러 특징 중 하나인 수염이 부각되고 수염 기른 남자로 간단히 분류되는 것처럼 말이죠.

4.
사람은 내가 누구인가도 중요하지만 누구를 만나느냐 하는 것도 중요해요. 그 사람이, 내가 만나는 그 사람이 내가 누구인지 말해주기도 하거든요. 그것이 간단한 오해든, 복잡한 이해든. 그래서 저는 올해가 가기 전에 박 본부장을 만나려고요.

5.
혹시 드라마 보세요? 드라마 보면 주인공이 있고, 조연으로 주인공의 친구가 나오는 경우가 많지요. 또 주인공은 대개 착하고 순수한 반면 친구는 현실적이고 계산적이지요. 친구는 주인공의 순수한 마음을 늘 염려하고 걱정합니다. 순진하기 짝이 없는 주인공 옆에서 냉정한 현실을 일깨워줍니다. 끝없이 간섭하고 참견하고 조언을 해서 주인공이 이기적인 선택을 하게 만듭니다.

　친구는 나쁜 친구처럼 보여요. 단지 역할이 그럴 뿐인데 말이죠. 친구는 주인공의 마음인데 말이죠. 또 다른 마음일 뿐인데 말이죠. 주인공이 직접 속마음을 혼잣말로 다 말하는 건 현대적이지 않지요. 현대적인 드라마에는 친구가 필요합니다. 그러니까 나쁜 친구는 없어요. 있다면 내 마음의 나쁨이 있는 거죠. 있다면 내 마음의 나쁨을 나 대신 현대적으로 보여주는 친구가 있을 뿐이죠.

6.

'백아가 거문고 줄을 끊었다'는 '백아절현'에는 다음과 같은 고사가 있습니다. 전국시대 거문고 명인 백아에게는 종자기라는 친구가 있었습니다. 종자기는 음악에 조예가 깊었다고 하지요. 듣고 감상하는 귀가 대단히 발달한 사람이었나 봐요. 백아가 거문고를 타면 종자기는 그 음률만 듣고도 연주하는 백아의 심정을 헤아릴 줄 알았다고 합니다. 지금 백아가 기쁜지 슬픈지, 높은 산을 오르고 있는지 깊은 강에서 떠내려가고 있는지 말이죠. 그러니까 종자기는 백아의 지음이었던 거죠. 그런 종자기가 갑자기 죽자 백아는 이제 세상에 자신의 거문고 소리를 알아주는 사람은 아무도 없다고 한탄하며 거문고 줄을 끊고 다시는 연주를 하지 않았다고 합니다.

　'백아절현'은 자신의 속마음까지 알아주는 진실한 벗과 그런 우정에 대한 아름다운 고사지만 여기에는 혹시 다른 교훈이 있는 건 아닐까요. 어쩌면 우리는 지음을 경계해야 하는 것은 아닐까요. 나를 알아주고, 내 마음의 소리를 알아듣고, 내 마음의 소리를 대변하는 사람, 지음을 경계해야 한다는 것, 그것이 '백아절현'의 숨은 교훈은 아니었을까요. 결국 내 음악의 줄을, 내 존재의 줄을 끊게 만드는 사람은 다름 아닌 지음이었으니까요.

7.
그런데 정말 백아의 거문고 줄을 끊게 만든 사람은 종자기였을까요?

지음 줄을 끊게 만드는

# #
집

버스가 판교 톨게이트를 지날 때부터 남자는 자꾸 시간을 확인한다. 이미 8시 50분이 넘었다. 마음이 바쁠수록 도로는 막히고 버스는 느리게 간다. 남자는 다시 시간을 확인한다. 9시. 겨우 두 정류소를 오는 데 10분이나 허비했다. 오늘도 늦은 것이 분명하다. 아침 출근이 아니다. 남자는 퇴근하고 집으로 돌아가는 중이다.

아내는 남자를 기다린다. 아내는 '저녁이 있는 삶'을 원한다. 다른 집은 남편이 저녁을 밖에서 먹고 온다고 연락하면 아내들이 좋아한다는데 남자네 집은 다르다. 늦더라도 가능하면 저녁은 집에서 먹어야 한다. 아내는 최소한 한 끼는 같이 식사해야 식구라고 생각한다.

남자 역시 '저녁이 있는 삶'을 원한다. 회사를 마치고 집에 돌아와 가족과 함께 저녁 식사를 하는 삶을. 특별한 일이 있을 리 없지만 그래도 "오늘 어땠어?"라며 서로의 안부를 묻는 시간을 남자는 좋아한다. 아내는 낮에 읽은 책 이야기를 하거나 병원에 다녀오면서 시장에 들러 사온 과일 이야기를 한다. 관리비 고지서가 나왔는데 난방비가 많이 나왔다든지 또는 전에 살던 아파트 경비 아저씨

219

를 이곳에서 만났다든지 하는 이야기를 한다. 남자는 그런 시간을 사랑한다. 특별한 저녁 약속이 없다면 대부분 남자는 집에서 아내와 함께 저녁을 먹으려고 한다.

남자는 대개 퇴근을 오후 8시에 하는데 그때 강남에서 버스를 타고 집에 가면 한 시간 정도가 걸린다. 그러나 정확하게 8시에 나갈 수 있는 것도 아니고 버스 정류소까지 걸어가는 시간, 버스가 오는 시간 등 변동이 있어 10분 정도는 더 늦어지기 일쑤다. 아내는 8시부터 시장기를 느낀다. 남편과 저녁을 같이 먹기 위해 참고 저녁 준비를 한다. 아내는 9시면 식탁을 다 차려놓고 시계를 본다. 1분이 지나고 5분이 지나도 남편이 오지 않으면 아내의 시장기가 들끓는다. 10분이 지나면 시장기가 폭발한다. 아내는 문자를 보낸다.

'어디야?'

예전에 어느 항공사의 광고를 본 적이 있다. 초등학교에 다니는 아이들이 하굣길에 집으로 뛰어가는 광경을 담은 그 광고의 카피는 이랬다. "아이들은 학교에 갈 때는 걸어서 가지만 집으로 갈 때는 뛰어갑니다. 그것은 세상 어디에서나 똑같습니다."

　남자는 내려야 할 정류소가 아직 멀었는데 벌써 일어선다. 문 앞에 서서 차문이 열리길 초조하게 기다린다. 드디어 차문이 열리고 버스에서 내리자마자 남자도, 쉰 살이 넘은 남자도 집으로 뛰어가는 아이들처럼 달리기 시작한다.

　야구는 가정적인 운동 경기다. 좀 엉뚱하지만 이렇게 말할 수 있다. 야구는 집을 떠나서 다시 집으로 돌아오는 경기라고. 집을 나가려는 사람과 못 나가게 막는 사람, 공격과 수비는 그렇게 나뉜다. 점수를 내기 위해 타자는 집을 나가야 한다. 안타를 치든 볼을 잘 가려 포볼을 얻든 투수가 던진 공을 몸으로 맞든 어떻게든 집을 나가야 한다. 그리고 집 나간 사람이 1루와 2루를 지나고 3루를 돌아 홈으로, 집으로 돌아와야 점수를 얻는 경기다.

　홈런도 그렇다. 오른쪽 담장을 넘기든 왼쪽 담장을 넘기든 비거리가 얼마든 어쨌든 타자가 한번에 1루와 2루와 3루를 돌아 홈으로 달려오는 것을 말한다. 홈으로, 집으로 달려가는 사람이 손을 흔들며 기뻐하는 경기. 관중들이 그런 모습을 보고 손뼉을 치고 환호하는 경기. 야구는 결국 집으로 돌아오는 사람이 많아야 이기는 게임이다.

집을 향해 달리면서 남자는 이렇게 생각한다. 오늘 종일 타석에서 어깨에 힘이 잔뜩 들어간 헛스윙, 어림없는 파울, 평범한 내야 땅볼 같은 것만 친 타자였다 해도, 어쩌다 방망이 중심에 제대로 맞춘 타구는 내야수 정면으로 날아가 병살타가 되고 마는 그런 타자였다 해도 절망하기엔 이르다. 경기가 아주 끝난 것은 아니니까. 우리에겐 아직 기회가 있다. 돌아갈 집이 있다면, 그 집이 크든 작든, 방이 다섯 개든 하나든, 전세든 월세든, 그 집으로 뛰어간다면 우리는 끝내 홈런 타자가 되는 것이 아닐까.

집으로 들어서는 남자의 귀에 우레와 같은 박수소리가, 응원의 환호가 들린다.

"오늘은 또 왜 이렇게 늦었어요."

그러니까 날마다 홈런이다.

집 우리를 홈런 타자로 만들어주는 곳

첫눈

그날은 아침부터 몸이 안 좋았다. 3일 전부터 감기 기운이 있었는데 새벽에 기침 때문에 깬 후 잠을 이루지 못했다. 숨이 얕고 거칠었다. 천식이 도진 것이다. 겨우 출근했다. 날씨가 흐리고 바람이 날카로웠다. 오후 6시가 되면 바로 퇴근하려고 했지만 그러지 못했다. 오후 8시가 다 되어 갈 무렵에는 살짝 현기증이 나 의자에 기대 잠시 눈을 감고 있었다. 그때 전화가 왔다.

25년 만이었다. 그는 고등학교 시절 선배다. 선배와 나는 같은 고등학교를 다닌 것은 아니었지만 문학을 좋아한다는 인연으로 알고 지냈다. 그러다 대학 다닐 무렵 더 가까워져 자주 뭉쳤다.

"득아, 잘 지내지? 나 지금 서울인데 얼굴 한번 볼 수 있겠지?"

"봐야지요. 어딥니까?"

"지금은 명동인데 성수로 이동할 거야. 그쪽으로 오렴."

선배는 이미 전작이 있었는지 목소리에서 취기가 느껴졌다.

선배가 있다는 곳은 성수역 근처의 노래방이었다. 노래방이라니, 25년 만에 만나는데, 나는 아직 저녁도 먹지 못했는데, 선술집도 아니고 커피숍도 아니고 어째서 노래방이란 말인가? 나를 만나면 꼭 불러야 할 노래라도 있는 것일까? 어쩌면 일행이 있는지도 모른다. 일행과 어울려 밥과 술을 먹고 노래를 부르러 가는 길에 문득 내 생각이 난 건지 모른다. 실종된 시체가 수면 위로 떠오르듯 25년 전의 일들이 기억의 그것 위로 떠오른 것 아닐까.

노래방은 지하에 있었다. 어둡고 춥고 허름했다. 열 명은 앉아도 될 것 같은 방에는 선배와 선배의 일행 한 명이 있었다. 선배는 나를 반갑게 맞았다. 나는 장소도 상황도 모두 뜻밖이라 어색하게 인사했다.

선배의 일행은 드라마 〈송곳〉에서 '허벌나게 조져불자'가 적힌 노조 티셔츠를 항상 입고 다니는 버스회사 노조원을 닮았다. 선배는 그를 사업상 아는 사람이라고 했다. 선배가 '조져불자'에게 나도 소개시켜주면 좋았겠으나 그러지 않았다. 내가 자신을 소개하려고 하자 '조져불자'는 손을 내저었다.

"괜찮아유."

선배는 말을 잘한다. 말씀의 바다, 말씀의 블랙홀. 한번 거기 빠지면 헤어 나올 수 없다. 우리만 아는 이야기를 우리끼리만 하는 것 같아 '조져불자'에게 미안하다고 했지만 그는 손을 내저었다.

"괜찮아유."

선배는 말하고 나는 들었다.

"득아, 미안하다. 내가 너한테 많이 미안하다. 그동안 연락도 못하고."

그건 나도 마찬가지라고 했지만 선배는 자꾸만 미안하다고 했다.

"나는 그동안 사업을 했다. 꽤 크게 하고 있다. 오늘도 명동에서 일을 보고 왔다. 내일도 일정이 빠듯하게 잡혀 있다. 며칠 뒤에는 중국에 출장을 가야 한다."

맞은편에 앉아 있는 '조져불자'는 언제부터였는지 '자불고' 있었다.

시간이 갈수록 노래방 안은 더 추웠다. 옷을 잔뜩 껴입은 나도 으슬으슬 추웠는데 선배는 달랑 양복만 입고도 전혀 안 춥다고 말했다. 파랗게 질린 입술로 원래 자기는 추위를 별로 타지 않는다고 다리를 꼬고 앉아 몸을 떨면서 말했다. 그렇게 떨면서 차가운 캔맥주를 마셨다. 천정의 조명 때문에 오색 불빛과 그림자가 어지럽게 돌아갔다.

말하다 선배는 자꾸만 감정이 격해지는지 내 손을 잡고 흔들며 "득아, 득아" 부르고 그러면 자다가 깬 '조져불자'는 선배에게 물었다.

"어딜 자꾸 드가라는 거냐?"

나는 웃을 수도 울 수도 없었지만 어쩌면 울 수도 웃을 수도 있을 것 같았다. 선배는 나보고 시를 쓰느냐고 물었다. 나는 "안 쓴지 아니, 못 쓴 지 25년은 된 것 같다"고 말했다. 선배는 "이제 시를 쓰라고, 당장 시를 쓰라"고, 나는 "못한다고, 나는 끝났다"고, 선배는 "아니라고, 너는 쓸 수 있다고, 너는 써야만 한다고, 이 시대의 진실을 노래해야 한다"고 목소리를 높였다. 그러다 감정이 북받치는지 몇 번인가 선배는 눈물을 훔쳤다. 예전에 이런 시를 썼지 않았느냐고 몇 구절을 외우기까지 했다.

노래방에서 나왔을 때 진눈깨비가 흩날렸다. 눈은 쌓이지 못하고 금세 녹아 없어졌다. 전철 역 앞에서 헤어질 때 선배는 몇 번이나 나를 껴안았다.

"시를 써야 해. 꼭 써야 한다."

선배는 그렇게 말했지만 나는 안다. 그 말은 내게 하는 말이 아니라 자신에게 하는 다짐이란 것을. 노래방에서 선배가 외웠던 시들은 모두 25년 전에 자신이 썼던 시 구절들이었다. 한강을 건너는 전철의 창밖으로 눈발이 점점 굵어지고 있었다.

첫눈 25년 만에 만난 선배

226

# #
첫사랑

그때도 3월 초였던 것 같다. 일본 지바현의 식당에서 일하고 있을 때였다. 가게로 전화가 왔다.

"아, 다행이다. 아저씨, 아직 거기서 일하시네. 저 메구미예요. 기억하시려나?"

"그럼요. 기억하지요."

"거짓말. 전혀 기억 못 하는 목소리인데."

사실은 잘 기억이 나지 않았다. 아마 식당에 자주 오는 단골손님 중 한 명이겠지.

"저 오늘 거기 점심 먹으러 갈 건데."

"네, 예약해 놓을게요. 몇 분이나 오시나요?"

"괜찮아요, 예약은. 겨우 두 사람 갈 건데요."

얼굴이 생각났다. 안경을 썼고 잘 웃던 메구미 씨는 40대 중반으로 직원들과 단체로 와 회식을 하곤 했다. 내가 메구미 씨를 기억하는 것은 매번 예약이며 주문이며 계산을 그가 한데다 항상 유쾌하고 밝은 얼굴로 외국인인 내게 친근하게 대했기 때문이다. 그러다 메구미 씨는 한동안 보이지 않았다. 회식 때도 보이지 않았다.

언젠가부터 예약도 다른 직원이 했다. 그 직원에게 물었더니 메구미 씨는 도쿄로 직장을 옮겼다고 했다.

"창가 자리로 예약해 놓을게요."

"감사합니다. 아저씨, 남자랑 갈 거예요. 그러니까 데이트. 그런데 내가 아저씨를 제 첫사랑이라고 말해 두었어요. 같이 갈 남자에게."

"네? 무슨 그런……. 왜요?"

"그런 게 있어요. 아저씨, 첫사랑 역할 잘 부탁합니다."

나는 전화를 끊고 예약을 기록하고 창가 자리에 테이블 세팅을 했다. 첫사랑이라니. 장난을 해도 그렇지 그건 말도 안 되는 소리다. 나는 몇 번이나 거울 앞에 서서 얼굴을 비춰 보았다.

중학생 때 교생 선생님이 오면 첫사랑 이야기를 해달라고 무작정 선생님을 조르곤 했다. 왜 우리는 다른 이야기도 아니고 첫사랑 이야기를 해달라고 졸랐을까. 그 무렵의 우리가 첫사랑에 빠지는 시기라서 그랬는지 모르겠다. 아니면 첫사랑의 특별함 때문인지도 모르고.

모든 사랑은 첫사랑이다. 첫사랑은 처음이기 때문에 영혼의 맨살에 그 무엇으로도 지울 수 없는 최초의 낙인을 남긴다. 그것은 너무나 강렬하고 깊고 뜨거워서 그 후로 다른 사랑을 해도 결국 첫사랑에서 벗어나지 못한다. 첫사랑이 사랑의 원형이 되고 모든 사랑은 첫사랑의 그림자가 되어버리는 것이다.

'첫'의 품사는 관형사가 아니라 감탄사여야 한다. 나는 거울을 보며 '첫' 하고 발음해 보았다. 'ㅊ'에서는 최초의 차가움이, 'ㅓ'에서는 어설픔이, 머뭇거림이, 설렘이, 'ㅅ'에서는 어떤 마주침이, 그러니까 시선의 마주침이든, 손 맞잡음이든, 입맞춤이든 또는 좍 하

228

고 한 대 얼얼하게 맞는 뺨이든, 그런 뜨거움이 느껴진다. '첫' 하고 소리를 내어보면.

메구미 씨가 왔다. 렌즈를 꼈는지 안경도 쓰지 않고 한껏 멋을 부린 메구미가 잘 차려입은 신사의 팔짱을 끼고 가게로 들어섰다. 그 신사는 같은 남자가 보기에도 매력적이었다. 메구미 씨는 유쾌하고 명랑한 평소와 달리 요조숙녀처럼 보였다. 내게 인사할 때도 가볍게 목례만 했다. 웃을 때도 한 손으로 입을 살짝 가리며 웃었다.

나는 첫사랑 역할을 어떻게 해야 하는지 몰라 메구미 씨 일행이 있는 동안 내내 어색했다. 메구미 씨에게 그런 말을 듣지 않았더라면 그냥 모처럼 온 손님 정도의 반가움을 표시하고 서비스도 내고 그랬을 텐데. 마치 카메라 앞에 선 것처럼 동작 하나하나가 자연스럽지 못하고 의식적이었다. 대본도 없고 감독의 지시도 없이 알아서 연기해야 하는 초보 배우의 심정이랄까.

메구미 씨는 식성도 좋았던 것 같은데 조금만 먹는다. 메구미 씨는 그렇게 조심스럽게 식사하고 수줍게 웃고 낮은 목소리로 이야기를 나누다 자리에서 일어섰다. 신사가 계산할 때는 한 발치 떨어져서 조신하게 서 있었다. 나갈 때 메구미 씨는 내게 목례를 했다. 들어올 때처럼 신사의 팔짱을 끼고.

그날 저녁에 식당으로 전화가 걸려왔다. 메구미 씨였다.

"아저씨, 오늘 고마웠어요."

"뭐가요?"

"그런 게 있어요."

"궁금한 게 있는데 혹시 제가 메구미 씨 첫사랑과 닮았나요?"

"하하하, 전혀요. 하나도 안 닮았어요. 오늘 봤잖아요. 식당에 같이 간 그 남자 분이 제 첫사랑인 걸요."

모든 사랑은 첫사랑이다. 언제나 사람은 매번 새로운 사랑을 한다. 그것이 열 번째 스무 번째라고 하더라도 첫 번째 하는 사랑처럼 서툴고 설레고 가슴 뛰는 것 아닐까. 이제 60대 초반일 메구미 씨는 여전히 누군가와 첫사랑에 빠져 있을 것 같다.

모든 사랑은 첫사랑입니다.
여러 번 한다고 해서 익숙해지지도 않고
매번 서툴고 어리석고 바보 같은 실수를 반복하니까요.

첫사랑 모든 사랑은 첫사랑

# #
추억

원래 이 글은 벚꽃이 활짝 핀 봄에 쓰려고 했다. 늦어도 초여름에는 썼어야 했는데 끝없이 최고 온도의 더위를 갱신하는 더위, 폭염의 한여름을 통과하며 쓰고 있으니 철없는, 철모르는 글이 되어버렸다.

 지난봄, 벚꽃이 마치 전등을 켠 것처럼 환하게 핀 저녁에 나는 아내와 함께 중앙공원을 걸었다. 그날은 벚꽃이 절정에 이른다는 주말 저녁이라 봄밤의 흥취를 만끽하려고 나온 사람들이 많았다. 그날 우리는 무슨 이야기를 나누었던가. 아마 두 아들의 진로, 양가 부모님의 건강, 그리고 우리의 노후에 대해 이야기했을 것이다. 잠시 벤치에 앉았을 때는 벚꽃 핀 봄밤이었으므로 고바야시 잇사의 하이쿠 이야기도 했다.

 "밤에 핀 벚꽃 오늘 또한 옛날이 되어버렸네."

 아내가 말했다.

 "오늘 또한 옛날이 되어버렸다는 이 표현이 참 절묘해요. 오늘 또한 옛날이 되어버렸네."

 나는 이명세 감독의 영화 〈지독한 사랑〉을 떠올렸다.

"영화 〈지독한 사랑〉 당신도 봤지? 강수연 씨랑 김갑수 씨가 주연한 영화인데 하도 오래전에 본 영화라 줄거리는 거의 기억나지 않지만 거기 이런 장면이 나와. 서로 사랑하는 여자와 남자는 바닷가 셋방에서 살림을 차리고 살았는데 어느 날인가 결국 헤어져야 하는 때가 오자 근처의 산으로 소풍을 가는 거야. 이별 기념으로 말이야. 그런데 그때까지 총천연색이던 화면은 그 소풍 장면에서만 흑백으로 바뀌는 거야. 소풍이 끝나면 다시 원래의 컬러 화면으로 돌아오고. 영화를 볼 당시에는 예사로 넘겼는데. 아마 두 사람은 세월이 흘러도 그날의 소풍을 잊지 못하고 추억하겠지. 두 사람은 그것을 알고. 그러니까 그 소풍은 기념사진 같은 거지. 먼 훗날에도 꺼내보며 지금을 떠올릴 흑백 기념사진. 두고두고 기억될 것 같은 예감이 드는 특별한 오늘이 있고 그런 오늘은 옛날이 되어버린다. 잇사의 하이쿠에 나오는 오늘처럼."

아내가 말했다.

"롤랑 바르트가 말한 '반과거 시제' 같아. 베르테르가 로테네 과수원에서 나무에 올라가 과일을 따 로테에게 주는 장면을 쓴 문장을 두고 『사랑의 단상』에서 반과거 시제라고 했어요. 베르테르는 현재시제로 말하지만 그건 이미 추억의 소명을 지닌 것이라고. 그러니까 추억의 소명을 지닌 오늘은 옛날이 되어버리는 것이죠. 오늘도 옛날이 되어버릴 텐데 우리도 기념으로 사진이나 찍어요."

나는 사진 찍히는 걸 좋아하지 않는다. 이런저런 이유가 있지만 결국 사진 속 내 모습이 마음에 들지 않기 때문이다. 나는 핑계를 댄다.

"요즘 우리는 시도 때도 없이 너무 많은 사진을 찍어. 밥 먹기 전에도 찍고 커피 마시면서도 찍고 사람을 만나도 찍고 혼자 있어도

찍고 화장실 가서도 찍고 매일매일 하루에도 수십 번 사진을 찍는
다니까. 당신 말대로, 아니 바르트 말대로 하면 모든 순간이 반과
거가 되는 거야. 모든 순간이 추억의 소명을 지닌 특별한 순간이,
옛날이 되어버리는 오늘이 되는 거지. 그러니까 역설적으로 어느
순간도 추억이 되지 않는 거야. 너무 많은 특별한 순간은 한 순간
도 특별하지 않거든. 추억의 소명을 지니는 게 아니라 추억의 소멸
을 지니는 거지."

"그래서 안 찍겠다는 거야?"

"아니, 찍어야겠지. 찍을게."

열대야 때문에 밤새 잠을 설치던, 어서 오늘이 옛날이 되어버렸
으면 하고 바라던 며칠 전 휴대전화기에서 그날 아내와 함께 찍은
사진을 보았다. 내친김에 책장에서 바르트의『사랑의 단상』도 찾
아보았다. 그날 아내가 말했던 부분은 이랬다.

"우리는 찬란한 여름을 보내었다네. 나는 주로 로테네 과수원에
가서 과일을 따는 긴 장대를 들고 나무에 올라가 꼭대기의 배를 따
고, 그러면 로테는 밑에서 그걸 받는다네.

베르테르는 현재 시제로 말하고 이야기하지만, 그 정경은 이미
추억의 소명을 지닌 것이다. 이 현재 뒤에서 반과거가 낮은 목소리
로 속삭인다. 그리하여 어느 날인가 내가 그 장면을 회상하게 될
때면, 나는 과거 속에서 길을 잃게 된다. 사랑의 정경은 처음의 황
홀했던 순간처럼 뒤늦게야 만들어진다."

아내는 평소에도 예쁘지만 웃으면 더 예쁘다. 나는 평소에도 화
난 것 같지만 웃으면 더 화난 사람 같다. 벚꽃 핀 봄밤에 찍은 사진
속에서 아내는 환하게 웃고 나는 화나게 웃고 있다.

페이스북 알림 메시지를 받으면 깜짝깜짝 놀랍니다.
가령 이런 메시지 말이죠.
'과거의 오늘 강수연님과 함께한 추억이 있습니다.'
추억이라곤 그 분과 단지 2년 전 오늘 페친을 맺은 것뿐인데.

추억 옛날이 되어버린 오늘

# #
친구

혼자 먹는 밥과 술은 왜 이렇게 금세 배가 부를까? 지난 금요일 남편은 동네 식당에서 혼자 저녁을 먹었다. 배가 불러 고작 회덮밥 한 그릇과 반주로 곁들인 소주를 둘 다 반도 못 비우고 남겼다. 그집 회덮밥은 정말 맛있는데도 말이다. 반찬으로 따라 나오는 계란 찜에는 아예 손도 대지 못했다.

아내가 혼자 며칠 동안 친정에 간다고 해보자. 예정에 없던 휴가를 쓰는 사람은 아내지만 정말 휴가 기분이 드는 사람은 남편이다.

어떻게 나흘을 견디느냐며 남편은 엄살을 부리지만 그건 들뜬 기분을 감추려는 표정 관리에 불과하다. 아내가 없으면 그야말로 남편은 자유다. 해방이다.

"사람 사는 세상이 돌아와 너와 나의 어깨동무 자유로울 때 우리의 다리 저절로 둥실 해방의 거리로 달려가누나~."

자신도 모르게 남편은 대학시절 불렀던 운동가요를 흥얼거리다 얼른 삼킨다.

집에서 기다리는 아내가 없으니 남편은 얼마든지 집에 늦게 가도 된다. 그동안 만나지 못한 친구를 마음껏 만날 것이다. 함께 저녁을 먹고 차를 마시고 술을 마시며 밤새워 이야기를 나눌 것이다. 저절로 둥실 해방의 거리로 달려갈 우리의 다리를 가로막을 공권력은 멀리 부산에 가 있다. 남편은 그저 약속만 잡으면 된다.

목요일 오후에 남편은 고민했다. 다 같은 친구인데 누구는 만나고 누구는 안 만날 수도 없고 그렇다고 한꺼번에 다 불러낼 수도 없다. 역시 선택은 어려운 법이다. 남편은 휴대전화를 열어 친구의 이름들을 훑어보았다. 그런데 없다. 친구가 단 한 명도 없다. 모두 사라졌다. 박완서 선생의『그 많던 싱아는 누가 다 먹었을까』처럼 그 많던 친구를 누가 다 먹어버린 것일까? 한 친구는 회사의 대표라 무지 바쁘다. 한 달 전에는 약속을 잡아야 만날 수 있다. 바쁘지 않은 다른 친구는 외국에 살고 있다. 또 다른 친구는 얼마 전에 아내가 자전거를 타다가 다쳐 한동안 무조건 일찍 귀가해야 한다.

전화를 걸면 달려 나올 친구가 어쩌면 한두 명은 있을지 모르겠다. 그러나 모험을 하고 싶지 않다. 남편이 싫어하는 말 중에 하나가 "해봤어?"라는 말이다. 꼭 해봐야 아는 것은 아니지 않은가? 똥으로 짐작되는데도 그것이 똥인지 된장인지 알기 위해 손으로 찍어 먹어볼 필요는 없는 것이다. 굳이 해보지 않아도 알 수 있는 것들이 있다. 친구라고 해서 상대의 사정은 생각하지 않고, 그저 자기 편할 때, 자기 시간 날 때 전화해서 당장 만나자고 하는 것은 아무래도 예의가 아니다. 허물이 없고 막역한 사이라고 해서 예의가 필요 없는 것은 아니다. 오히려 친구 사이일수록 더욱 예의가 필요할지 모른다. 그렇게 목요일 저녁은 혼자 먹었다.

금요일이 되자 남편의 마음은 긍정적이고 낙천적으로 바뀌었다. 친구니까 받아줄 수 있지 않을까? 용건이 없어도 연락할 수 있는 사이가 친구 아닌가? 그러니 진정한 친구라면 남편의 이기적인 마음도 다 이해해줄지 모른다. 남편은 호탕하게 웃는 친구의 얼굴을 떠올리며 전화를 걸었다. 친구는 고3인 딸의 운전수 노릇을 해야 한다며 호탕하게 웃었다. 그렇게 금요일에도 혼자 저녁을 먹었다. 저녁을 먹으면서 남편은 깨닫는다. 그 많던 친구들을 다 사라지게 한 것은 결국 자신이라고. 평소에 자주 연락하고 만났어야 하는데 바쁘다는 핑계로 미루기만 했던 자신이라고. 부른 배를 쓰다듬으면서 남편은 생각한다.

지난달 나는 대구에 문상을 갔다. 이제는 결혼식보다 장례식에 가는 일이 더 많아졌다. 8월에만 벌써 두 번째 문상이었다. 장례식장에 도착한 시간이 새벽 1시. 조문하고 물러나 국과 밥을 먹고 술도 한잔 마셨다. 지하 2층에 있는 병원 영안실은 쓸쓸했다. 조문객들의 얼굴이 형광등 불빛 아래 푸르다. 새벽 4시쯤 나는 구석을 찾아 잠시 눈을 붙였다. 발인이 아침 8시. 발인제를 지낼 때 다들 슬프게 곡을 했지만 그 중에서도 한 남자의 울음은 듣는 이의 가슴을 저미게 하는 애통함이 있었다. 육십을 조금 넘긴 것 같은 남자가 어찌나 슬프게 우는지 나도 눈물이 나서 몇 번이고 눈물을 훔쳤다. 그 남자의 이마가 온통 새빨갰다. 옆 사람에게 "저 분이 누구시냐?"고 물었더니 고인의 친구라고 했다.

친구 자꾸 사라지는 사람들

# #
칭찬

사람에 따라서는 격려와 칭찬이 오히려 독이 되고 야단과 질책이 약이 되는 경우도 있겠지만 나는 그렇지 못하다. 사람이 심지가 무르고 대가 약해 누가 다그치거나 비판을 하면 금세 주눅이 들고 얼어버려 그나마 얼마 있지도 않은 능력도 제대로 발휘를 못하고 만다. 나는 칭찬에 약하다. 누가 빈말로라도 칭찬을 해주면 나도 모르게 꼬리뼈가 움찔움찔 흔들리는 것을 참을 수 없을 지경이다.

자라면서 나는 칭찬을 거의 받지 못했다. 그건 내 부모님이나 주위 사람들이 특별히 칭찬에 인색해서가 아니라 내가 칭찬받을 만한 점을 하나도 갖고 있지 않는 특별한 아이였기 때문이다. 정말 그렇게 생각하는 것은 아니다. 이런 식으로 말하면 "겸손한 사람이군요" 하면서 칭찬을 들을까 해서 하는 수작이다.

나는 공부를 잘하는 학생이 아니었다. 정직하게 말한다면 공부를 못하는 학생이었다. 공부는 따분하고 지루하고 재미없었다. 나는 그저 장난치고 놀 궁리만 했다. 수업 시간 내내 창밖의 먼 산을 보거나 그것도 지루하면 선생님 얼굴에 난 점을 하나 둘 세거나 선생님의 말버릇을 속으로 흉내 내곤 했다. 당연히 성적이 나빴다.

처음에는 수업 시간에 선생님의 질문에 답을 못하거나 틀린 답을 하면 부끄러웠다. 친구들이 웃으면 창피했다. 그러나 시간이 지나면 모든 것은 익숙해지고 당연해진다. 선생님의 눈빛도 친구들의 웃음도. 내면화되는 것이다. 나는 수업 시간에 딴짓을 하는 게 자연스러웠다. 공부는 나와는 전혀 무관한 다른 세상의 일이었다. 낮은 점수도 부끄럽거나 창피하지 않았다. 나는 그런 학생이었다.

중학교 때 교생 실습 나온 국어 선생님으로부터 칭찬을 받은 적이 있다. 선생님은 첫날 출석부를 보고 학생 한 명 한 명의 이름을 불렀다. 대답하는 학생의 눈을 들여다보며 한 명씩 인사를 건넸다. 내 차례가 되어 선생님이 내 이름을 불렀다.

"상득이는 국어를 잘할 것처럼 생겼구나."

내 성적을 아는 친구 녀석들이 여기저기서 쿡쿡 웃었다. 부끄럽고 창피했다. 장차 훌륭한 교육자가 되기 위해 실습을 나온 교생이었으니 아마 누구에게나 한마디씩 좋은 말을 건넸으리라. 내게 해준 말도 딱 그 정도의 무게였을 텐데 나는 그만 선생님의 말씀을 그대로 믿어버렸다. 국어를 열심히 예습했다. 수업 시간에는 선생님 말씀을 한마디도 놓치지 않으려고 집중했다. 굳이 노력하지 않아도 어쩐 일이지 저절로 몰두하게 되었다. 선생님 질문에 맞는 답을 할 때도 있었다. 그러면 친구들은 놀리느라 "오오" 하며 감탄하는 시늉을 했지만 선생님은 내 예감이 맞지 않느냐는 듯한 표정을 지었다.

나는 교생 선생님의 칭찬 덕분에 국어를 잘했다. 성적도 좋아졌다. 수업 시간에 선생님이 내 칭찬을 해도 아무도 웃지 않을 정도로 말이다. 일단 국어 한 과목을 잘하게 되자 자신감이 생기고 금세 공부에 탄력이 붙어 다른 과목들도 일취월장하여 전교에서 1

등을 했다고 하면 좋겠지만 그런 일은 일어나지 않았다. 대개 국어를 잘하면 다른 과목도 잘하게 된다던데 나는 그렇지 않았다. 국어만 잘했다. 오해 없기를 바란다. 여기서 잘한다는 것은 다른 과목에 비해 비교적 그렇다는 것이지 국어를 절대적으로 잘했다는 것은 아니다.

칭찬이 고래를 춤추게 하는지 어떤지는 모르겠지만 공부를 좋아하지 않던 중학생이 국어를 좋아하게 만들 수 있다고 나는 믿는다. 또 나는 믿는다. 칭찬에도 한 가지 부작용이 있다고.

대부분의 사람이 그렇겠지만 중학생이 되기 전에 나는 초등학생이었다. 초등학교 1학년 때 나는 내 몸보다 큰 파란 물뿌리개를 들고 교정의 화단에 물을 주고 있었다. 어째서 초등학교 1학년생에게 그런 일이 주어졌는지 지금도 이해가 가지 않는다. 나중에 자라서 글을 쓰게 된다면 소재가 궁할 때 쓰라고 화단 당번을 정해준 것일까? 마침 학교를 방문한 장학사가 어린 나를 보고 대견해하며 칭찬해주었다. "넌 참 착한 아이구나. 꽃밭에 물을 주고. 네 이름이 뭐니?"

장학사는 내 눈을 들여다보며 머리를 쓰다듬었다. 꼬리뼈가 금방이라도 튀어나와 흔들릴 것 같았다. 나는 칭찬이란 걸 처음으로 받았던 것이다. 튀어나온 꼬리뼈를 흔들며 나는 몇 번이나 물뿌리개를 가득 채워 화단에 물을 뿌렸다. 화단이 물바다가 되는 것도 모르고. 그렇게 물을 많이 주면 꽃들이 썩는 줄도 모르고.

칭찬 고래를 춤추게 하고 국어를 좋아하게 만들지만
    꽃밭을 썩게도 하는 것

틈

마모나쿠

"마모나쿠 니방센니 덴샤가 마이리마스. 아브나이데스카라 기이로이센마데 오사가리구다사이."

지금도 가끔 그 소리가 들리는 것 같다. 일본에 있을 때 가장 자주 들었던 말 가운데 하나다. 전철역 승강장에 서 있으면 전차가 곧 도착한다는 접근 방송을 한다. 대략 우리말로 옮기자면 '곧 2번 선으로 열차가 들어옵니다. 위험하니까 노란 선까지 물러서 주세요' 정도가 될 것이다. 이때 처음 나오는 '곧'에 해당되는 말이 '마모나쿠'다.

가방 속 숟가락

비닐 파일, 컵라면, 숟가락, 일회용 젓가락, 검정과 빨강 매직펜, 볼펜, 수첩, 교회수첩, 드라이버 등 작업 공구, 가위, 마스크, 수건 또는 걸레, 장갑, 충전기, 건전지, 지갑. 열아홉 살 소년의 가방 속에 들어있던 물품의 목록. 가방 안에 숟가락을 넣어 다니는 열아홉 살 소년.

242

구의역 9-4 승강장 스크린도어와 전동차 사이, 한 뼘 남짓 되는 공간에는 사람이 몸을 피할 틈이 없다. 단 6명의 인원으로 서울 지하철 1~4호선 89개 역의 스크린도어를 유지, 보수하기에는 한 끼 식사를 마음 편하게 할 수 있는 겨를이 없다. '고장 접수 1시간 이내 현장 도착' 조항에는 숨 돌릴 틈이 없다.

개가죽 나무

옛날에 한 시인이 감옥에 갇혔는데 가슴이 답답하고 숨이 막힐 것 같았다. 천장이 자꾸 내려오고 사방 네 벽이 좁혀 들어오는 환상에 시달렸다. 도무지 온전한 정신으로는 못 살 것 같았다. 금방이라도 미칠 것 같았다. 그러던 어느 아침 시인은 감옥 쇠창살 사이로 들어온 햇살 속에서 본다. 바깥에서 날아들어온 민들레 꽃씨들이 떠다니는 것을. 또 본다. 쇠창살과 시멘트 사이, 그 틈에 멀리서 날아온 풀씨가 싹을 틔우는 것을 본다. 비가 오면 빗물을 힘껏 빨아들이며 감옥 안에서, 쇠창살과 시멘트 틈에서 푸른 개가죽 나무가 자라나는 것을 본다. 그것을 보고 시인은 울음을 터뜨렸다. 갓 태어난 아기처럼.

곁을 주다

지난 토요일 진주 사는 재종 형님 딸 결혼식에 갔다. 예식이 끝나고 가까운 일가친척들은 형님 집으로 갔다. 거실에 큰 상을 두 개 펴고 상 주위에 사람들이 둘러앉아 술과 과일과 떡을 먹었다. 음식을 내오던 사람들이 나중에 오면 이미 앉아 있던 사람들이 일제히 조금씩 간격을 좁혀 자리를 마련해주었다. 한 사람이 더 오고 또 한 사람이 오고 올 때마다 그렇게 앉아있는 사람들은 간격을 조정

해서 틈을 벌리고 사이를 만들었다. 그러는 사이 상에 둘러앉은 사람들은 모두 조금씩 더 가까워졌다. 그렇게 나중에 오는 사람들을 위해 곁을 내어주는 모습이 보기 좋았다.

우두커니

그는 바쁘다. 언제나 시간이 모자란다. 스톱워치를 든 시간이 저 앞에서 자꾸 재촉한다. 시간의 낭비 없이 살기 위해 늘 서두른다. 출근도 바쁘고 근무도 바쁘고 퇴근도 바쁘다. 버스 정류소에서 버스가 언제 올지 스마트폰으로 확인한다. 세상은 점점 빈틈 없이 스마트해지고 효율적으로 변해가는 것 같다. 사무실에서도 거리에서도 그는 분주하다. 딱히 하는 일도 없이 무슨 일을 하는지 알 수 없을 정도로 바빠서 이제는 사람들을 만날 수 없다. 책을 읽을 수도 없고 음악을 들을 수도 없다. 집에서도 내내 바쁘다. 잠자리에 누워서도 초읽기에 몰리는 기분이다. 그는 '우두커니'를 잃어버렸다. 아무 생각 없이 정신줄 놓고 멍하니 있는 방심의 시간을 놓쳐 버렸다.

사이도 없이

마모나쿠를 생각해보면 '마'가 사이 간間, 그러니까 시간 · 공간 · 인간 할 때 공통으로 들어가는 '간'이라는 글자다. 글자 그대로 번역하면 '사이도 없이'가 된다. 인간이나 공간이나 시간에는 사이가 있는데, 꼭 있어야 하는데, 그래야 비로소 인간 · 공간 · 시간이 되는데, 그 '사이도 없이'가 마모나쿠다. 시간 · 공간 · 인간도 없이 곧 전차가 도착한다.

틈틈이

좀체 잠을 이루지 못하고 뒤척이자 곁에 누운 아내가 묻는다.

"왜 잠이 안 와?"

남편은 한숨을 쉰다.

"사는 게 참 빽빽한 것 같아. 틈이 없어. 숨 막힐 것 같아."

아내가 남편 쪽으로 돌아눕는다.

"천식이 도졌나? 그래도 어째 숨을 쉬어봐요, 틈나는 대로."

남편도 아내 쪽으로 돌아눕는다.

"그래. 어서 잡시다. 내일 출근해야지."

틈은 생명의 기원입니다.

생명은 모두 틈에서 나옵니다.

당신도 저도 틈으로 나와 세상에 도착한 것이죠.

어쩌면 우주의 탄생 역시 틈에서 비롯된 것 아닐까요.

틈 숨 쉴

팬

나도 그런 이야기는 몇 번 들었다. 좀체 믿기 힘들지만 내게도 팬이 있다는 말을. 직장 동료는 모처럼 동창회에 갔다가 내 글 애독자라는 친구들에게 부러움을 샀다고 했다. 거래처 직원은 대학원 동기들 중 내 팬이 많다고 한다. 친구의 처형이, 후배의 거래처 사장이, 지인 어머니의 친구가, 선배의 아내가 가르치는 제자의 부모님이 내 글의 독자라고. 나는 들었다. 매주 일요일마다 내 글을 기다렸다가 읽는 독자들이 꽤 있다는 유언비어를.

그런 독자가 실제로 존재할 가능성은 있다. 우선『중앙SUNDAY』의 독자들 중 상당수는『S매거진』도 읽는데 그 가운데 일부는 무엇이든 뒤에서부터 읽는 습관을 가진 사람일 수 있다. 그들 중에는 드물겠지만 그래도 이런 형식과 내용의 글을 좋아할 사람도 일부 있을 것이다. 이 우주에 우리 말고도 다른 지적인 생명체가 존재할 가능성이 있는 것처럼.

물리학자 엔리코 페르미는 과학자들과 식사하다가 외계인에 대한 얘기를 하게 되었는데, 방정식을 이용해 계산하면 100만 개의 문명이 우주에 존재해야 한다는 가설을 도출했다. 내 글의 팬도 수

백 명, 수십 명은 아니라도 몇 명은 이 우주에 존재해야 하지 않겠는가. 통계적으로, 확률적으로 말이다. 다만 페르미는 한 가지 의문을 품었다.

'만일 수많은 외계 문명이 존재한다면, 이 지구에는 외계인들이 북적거려야 할 텐데, 어째서 그들은 보이지 않는가?' 그는 훗날 '페르미의 역설'이라고 불리는 질문을 던졌다.

"그들은 모두 어디 있지?"

만일 팬이 있다면 그들은 모두 어디 있지?

『논어』의 첫머리에서 공자는 이렇게 말씀하셨다. "배우고 때맞추어 부지런히 익히니 이 어찌 기쁨이 아닌가. 벗이 있어 먼 곳에서 찾아오니 어찌 즐거움이 아닌가. 사람들이 나를 알아주지 않아도 서운해 하거나 속상해 하지 않으니 어찌 군자가 아닌가."

공자의 말씀은 뻔하고 상투적인 말이 아니었을 가능성이 높다. 그것은 신선한 발상, 새로운 주장이었을지 모른다. 공부하는 것은 기쁘지 않다. 그래서 공자는 말씀한다. "그것이 어찌 기쁨이 아닌가." 친구가 찾아오는 것 역시 즐겁지 않다. 끼니마다 대접이 수월치 않았을 것이며 무엇보다 먼 곳에서 왔으니 숙박의 문제가 있었을 것이다. 부인의 눈치를 살피지 않았을까. 그래서 공자는 말씀한다. "그것이 어찌 즐거움이 아닌가."

군자에게는 혼자 공부하고 친구와 대화하는 것, 그것이 곧 열락이다. 여기 열락이 있는데 군자에게 더 무엇이 필요할까? 아무것도 필요 없다. 오직 나를 알아주는 사람이 필요할 뿐. 군자일수록 인정 욕구가 강하다. 군자니까, 사람들이 흠모할만한 덕과 자질을 갖추었으니, 알아주는 게 마땅하고 자연스러우니까, 알아주지 않으면 서운하고 속상한 것이다. 그래서 공자가 말씀한다. "그것이 어찌 군자가 아닌가."

나는 군자가 아니다. 나는 남이 나를 알아주기를 소망하는 소인이다. 나는 팬이 있기를, 팬을 직접 내 눈으로 보기를 열망하는 사람이다. '뜻이 있는 곳에 길이 있다'고 지난 연말 아내와 함께 이태원에 갔다가 마침내 나는 보았다. 늦은 점심을 급하게 먹어서 그런지 이태원 거리를 다니는 내내 속이 불편했던 나는 소화제를 사기 위해 가게에 들어갔다. 계산대 위에는 60대 정도로 보이는 인상 좋은 사장님이 조금 전까지 읽은 것 같은 잡지가 펼쳐져 있었다. 『S매거진』이었다. 낯익은 내 글씨와 캐리커처가 보였다.

사장님은 나를 알아보는 것 같았다. 나는 긴장하거나 흥분하지 않으려고 최대한 자연스러운 표정과 동작을 유지하려고 애썼다. 나는 소화제를 계산대 위에 올려놓으며 『S매거진』 쪽은 의식하지 않으려고 노력했다. 그러나 나도 모르게 눈이 자꾸만 그쪽으로 갔다. 사장님이 캐리커처와 내 얼굴을 번갈아 쳐다보며 말했다.

"선생님 저 손 좀 잡아 봐도 될까요?"

나는 생긴 것과 달리 수줍음이 많고 낯도 심하게 가리는 편이다. 그래도 팬을 만났으니 기꺼이 손을 내어 드렸다.

"선생님 혹시……."

사장님은 두 손으로 내 손을 잡으며 의미심장한 웃음을 지었다.

"네, 맞습니다."

"역시. 얼굴을 보니 바로 알겠더라고요. 체하신 게 틀림없어요."

사장님은 엄지로 내 오른손 엄지와 검지 사이를 꾹 눌렀다.

팬 모두 어디 있지?

248

# #
표절

얼마 전에 독자로부터 '표절하셨더군요'라는 제목의 메일 한 통을 받았다. 나는 드디어 올 것이 왔다는 기분이 들었다.

나는 내 기억을 신뢰하지 않는다. 내게 기억은 소유, 정기고가 부른 〈썸〉의 노랫말을 가져와 말하면 '내 것인 듯 내 것 아닌 내 것 같은 너'다. 나는 내 문장 역시 신뢰하지 않는다. 그것이 '내' 문장이라는 데 자신이 없다. '내 것인 듯 내 것 아닌 내 것 같은' 썸 타는 문장이다.

나는 대략 일주일에 한 권 정도 책을 읽는 것 같다. 읽지 못해도 가방에 책을 넣고 다니며 읽는 시늉이라도 한다. 요즘은 일주일에 한 권 읽기도 힘든 것 같다. 예전에는 더 많이 읽은 것 같은데. '같다'라는 말을 많이 쓰는 이유는 기억에 통 자신이 없기 때문이다.

나는 읽은 책의 내용을 금세 잊어버린다. 책을 읽었지만 누가 그 책에 대해 물으면 별로 기억나는 게 없다. 과연 내가 그 책을 읽은 것은 사실인지 그것도 잘 모르겠다. 심지어 서점에서 마음에 드는 책을 발견하고 사서 읽고는 그 책을 꽂아두려고 책장에 갔을 때에야 비로소 이미 샀던 책이란 걸 알게 된 적도 있다. 전에 샀던 책에는 내가 그은 것 같은 밑줄과 내 필체로 보이는 메모가 군데군데 남아 있었다.

책을 읽을 때 어떤 문장들에는 밑줄을 긋고 여백에 메모를 남긴다. 어떤 문장들은 손가락으로 짚으며 읽는다. 쓰다듬기도 한다. 어떤 문장들은 여러 번 읽는다. 읽고 또 읽는다. 리듬이 좋은 문장을 만나면 소리 내어 읽는다. 그렇게 읽으면 그 문장이 담고 있는 생각과 리듬이 마치 내 몸 안으로 들어오는 것 같다.

지금은 게을러 그러지 않지만 예전에는 필사도 꽤 했다. 책을 읽다가 좋은 문장을 만나면 노트에 옮겨 썼다. 문장뿐 아니라 여러 문단을 옮겨 적기도 했다. 책 한 권을 통째로 필사한 적도 있었다. 그 필사의 흔적으로 오른손 중지에는 아직도 '펜혹'이 남아 있다. 지금은 필사한 책의 내용도 다 잊고, 필사를 했다는 기억조차 분명치 않지만 오른손 중지의 굳은살만큼은 확실하다.

내가 읽은 책, 여러 번 소리 내 읽은 문장, 필사한 문단. 그것들은 내게 영향을 끼쳤을 것이다. 오른손 중지의 굳은살처럼 내 생각과 감성과 문장에 박혔을 것이다. 만일 그것들이 내게 아무런 영향을 끼치지 않았다면 나는 대체 무엇 때문에 그 많은 책을 읽고 밑줄을 긋고 필사를 했겠는가. 수많은 시인과 작가, 사상가, 학자의 생각과 문장들이 내 생각의 호흡 속으로 들어와 숨쉬기를 나는 소망했다. 내가 쓰는 문장마다 그들의 감성과 지성의 숨결이 함께하길 열망했다.

가끔 내가 쓴 문장을 읽다가 놀랄 때가 있다. "새로움은 아름다운 불안이다." 정말 내가 쓴 문장이 맞는가? 아름답지는 않지만 불안할 정도로 새롭고 낯설다. 오래 전에 쓴 글이라면 썸 타는 기억 탓으로 돌릴 수 있겠지만 최근에 쓴 글 역시 마찬가지다. 어떤 문장들은 내가 썼지만 내 것 같지 않다. "첫의 품사는 관형사가 아니라 감탄사여야 한다"는 문장은 이미 누군가가 쓴 문장 같다. 얼마 전에 나는 "마감 때면 무슨 일이든 척척 다 해낼 수 있을 것 같은 기분에 사로잡힌다. 그 일이 마감만 아니라면 말이다"라는 문장을 썼지만 아무래도 어디선가 본 것만 같다.

나는 언제나 표절할 수 있다. 나는 언제나 표절의 위험 속에서 글을 쓴다. 적어도 나에게 글을 쓴다는 것은 곧 표절할 위험 속으로 들어간다는 말과 같다. 나는 많은 문장을 읽었고 기억은 불확실하고 그것들의 출처를 따로 기록해 두지 않았다. 그러므로 누군가 내 글의 일부 혹은 전부를 표절이라고 한다면 나는 순순히 시인할 준비가 되어 있다.

나는 모든 것을 인정하고 받아들일 각오로 독자가 보내온 메일을 열었다. 거기에는 이런 내용이 들어 있었다.

"안녕하세요. 몇 년 전 한 신문사에서 주최한 행사에서 잠깐 뵈었습니다만 기억하실지 모르겠습니다. 저보다 제 아내가 선생 글의 애독자라고 하면서 인사 나누었던. 얼마 전에 우연히 '여보, 나 맘에 안 들지?'라는 글을 읽고 깜짝 놀랐습니다. 그 글은 저희 집 사정을 그대로 표절하셨더군요. 특히 대화 부분은 저희 부부가 지난봄 공원에서 나눈 대화를 글자 한 자 틀리지 않고 베껴 썼던데요. 어쩌렵니까? 저녁 한 번 사시면 없던 일로 해드리겠습니다."

표절 자신의 기억을 과신하는 죄

# #
프러포즈

김 이사는 동료들과 함께 점심으로 '누들박스'에서 타이 칠리를 먹었다. 좋아하는 것을 잘하는 사람은 행복하다. 반대로 잘하지 못하는 것을 좋아하는 사람은 불행하다. 김 이사는 매운 음식을 좋아하지만 잘 먹지 못한다. 조용하고 능숙하게 식사하는 동료들 속에서 불우한 김 이사는 물을 마시고 한숨을 쉬고 땀과 콧물을 닦고 다시 물을 마시고 한숨을 쉬며 타이 칠리를 먹었다.

그때 누군가 프러포즈 이야기를 꺼냈다. 두 아이의 엄마인 박 대리는 반포대교 밑에서 프러포즈를 받았다. 데이트를 하면 항상 집까지 데려다 주던 남자는 그날 어쩐 일인지 박 대리에게 자신을 집까지 바래다 달라고 했다. 꼭 남자가 여자를 바래다줘야 하는 법도 없고 가끔은 이렇게 바꿔보는 것도 재미있겠다고 생각한 박 대리는 버스를 타고 가다가 반포대교에서 내리는 남자를 따라 내렸다. 반포대교 아래에서 남자는 한참을 아무 말 없이 앉아 있었다. 그날따라 피곤했던 박 대리는 이제 그만 가자고 보챘지만 남자는 조금만 더 있자고 달랬고 그러다 반포대교에 불이 켜지고 무지개 분수가 나오자 남자는 이걸 보여주며 프러포즈하고 싶었다고 했다. 동료들은 남편이 멋지다고, 로맨틱하다고 말했지만 김 이사는 물을 마시고 한숨을 쉬었다.

라인댄스 동호회에서 아내를 만난 엄 대리는 이벤트 업체를 통해 프러포즈를 준비했다. 선배네 집들이 가자고 해서 데려간 곳의 문을 열면 오색 풍선이 가득하고 감미로운 음악이 흐르고 한쪽 벽에는 두 사람이 찍은 사진들이 손발은 물론 솜털까지 오그라들 정도의 자막과 함께 편집되어 영상으로 나오고 케이크와 와인이 나오고. 동료들은 감탄했지만 김 이사는 땀을 닦고 콧물을 닦았다.

외모부터 로맨틱한 박 과장은 프러포즈 이야기가 나왔으니 "이거 한번 보세요" 하면서 자신의 휴대전화기에 들어있는 사진 몇 장을 보여준다. 그것은 하늘에서 찍은 사진이었다. 이쪽 경비행기를 탄 아내가 박 과장이 탄 저쪽 경비행기를 찍은 사진. 비행기 본체에는 "훈화야! 결혼해 줄래?"라고 적힌 플래카드가 걸려 있었다. 아내가 스튜어디스라서 그렇게 프러포즈했다는 것이다. 동료들은 마치 고도 600피트를 나는 것 같은 열광적인 반응을 보였지만 김 이사는 지상의 식당에서 타이 칠리를 먹었다. 물을 마시고 한숨을 쉬고 땀을 닦고 콧물을 닦고 다시 물을 마시고 한숨을 쉬면서.

김 이사는 현기증이 났다. 원래도 고소공포증이 있지만 경비행기로 프러포즈하는 이야기를 들으니까 정신을 차릴 수가 없었다. 그래서 김 이사는 이렇게 말했다.

"분수도 이벤트도 경비행기도 다 좋은데 프러포즈에서 정말 중요한 건 거절의 가능성이에요. 『사랑의 비밀』에서 메건 트레지더가 이렇게 말했어. '사랑의 모든 의례 중에서 가장 두렵고 어려운 것은 프러포즈다. 그 순간은 결혼의 행위 자체보다도 더 강렬하다.

프러포즈에는 신념의 대담한 도약이 요구되는데, 그 이유는 첫 키스가 그렇듯 미리 시험해 볼 수 있는 것이 아닌데다가 일단 말을 꺼낸 뒤에는 취소할 수도 없기 때문이다.'"

"그래서요?"

"그래서라니. 다들 프러포즈를 언제 했어요? 결혼할 게 확정된 후에 했을 거 아니에요."

"그렇죠. 요즘은 주로 양쪽 집에 정식으로 인사드리고 상견례 마친 후에 그때 하죠. 우리나라는 결혼을 당사자만 하는 게 아니잖아요. 양가 부모의 승낙을 얻어야 하거든요. 둘이서 프러포즈를 한다고 그게 정말 결혼이 되는 게 아니니까요."

"그러니까 그게 무슨 프러포즈야? 프러포즈의 드라마는, 클라이맥스는, 거절할 수 있는 가능성이란 말이지. 거절이 배제된, 이미 수락된 청혼이 무슨 프러포즈야. '애프터포즈'지. 스포일러를 알고 보는 영화처럼 무슨 긴장이 있고, 감동이 있겠어요?"

"그럼 이사님은요? 이사님은 프러포즈를 어떻게 했어요?"

"나는 다르지. 내가 프러포즈를 받았어요. 아내와 연애할 때 하루는 함께 밤을 보내게 됐어. 그런데 다음날 아침에 아내가 그러더라고. 결혼하자고. 갑자기 그게 무슨 소리냐고 내가 그러니까 자기랑 잤으니까 결혼을 해야 된다는 거야. 잠만 잤는데? 아무튼 잤으니까 무조건 결혼해야 한다고. 그래서 결혼했어요."

누군가 중얼거렸다.

"뭐 마찬가지네. 거절이 배제된 청혼이기는."

\#프러포즈 이미 수락된 청혼

# #
환대

아내는 부각을 좋아한다. 부각은 김, 다시마, 고추, 깻잎 등에 찹쌀풀을 발라 말렸다가 기름에 튀긴 것을 말한다. 나는 아내 때문에 부각이라는 반찬을 알았다. 하도 아내가 맛있어 하길래 한 점 집어 먹어봤지만 별다른 맛을 느끼지 못했다. 아이들도 좋아하지 않아 우리 집에서 부각은 오직 아내 전용 반찬인 셈이다. 얼마 전 결혼 기념일 저녁에 내가 와인을 꺼내자 기다렸다는 듯 아내는 부각을 식탁 위에 올렸다. 요즘 와인 안주에 가장 부각되는 안주라며.

아내는 중학교 1학년 때 친구 집에 놀러 갔다가 처음 부각을 먹어봤다고 한다. 친구와 놀다가 때가 되어 돌아가려는데 친구 어머니가 방에 상을 차려놓았다면서 먹고 가라고 했다. 친구와 둘만 먹을 수 있도록 따로 차린 상이었다. 그저 딸의 친구이고 고작 중학교 1학년 아이에 불과한데 그런 자신을 위해 차린 상이라고는 믿기지 않을 정도로 근사했다고 했다. 그 무렵 아내 집안은 장인의 사업 실패로 형편이 어려웠다. 아내는 그런 밥상을 받아본 적이 없었다. 그릇에 담긴 음식이 모두 정갈하고 반찬 하나하나가 다 맛있었다. 상 차린 이의 정성이 그대로 느껴졌다. 그 맛있는 음식들 중

255

그날 처음 보는 음식이 있었는데 그게 부각이었다고 한다.

나도 어느 저녁이 생각났다. 배부르고 따뜻하고 나른한 어떤 저녁이. 대학에 떨어지고 자포자기의 심정으로 공부는 안 하고 당구장에 한창 들락거릴 때였다. 단골로 가던 당구장에 박 선생이라고 불리는 손님이 있었다. 물론 그의 직업이 선생은 아니었다. 그는 외항선 선원이었다. 배를 안 탈 때는 당구장에서 당구 치는 일로 소일하는 것 같았다. 그 당구장에 오는 손님 중에서 박 선생이 가장 멋있었다. 외모도 준수했지만 매너도 좋았고 무엇보다 당구 칠 때 자세가 참 훌륭했다. 큐대 끝에 초크를 문지르며 당구대 주위를 천천히 도는 그의 모습은 마치 초원의 사자처럼 기품 있어 보였다. 그가 없을 때면 나는 박 선생 흉내를 내보곤 했다.

하루는 당구장에서 거의 살다시피 하던 나를 박 선생이 자기 집으로 초대했다. 그의 단칸방 신혼집에서 저녁을 먹은 일은 지금 생각해도 알 수 없는 일이다. 그의 아내도 낯선 존재인 나를 반갑게 맞아주었다. 특별한 반찬이 있거나 하지는 않았다. 그들 부부가 평소 먹는 밥과 찬 같았다. 그러니까 된장찌개와 김치와 나물과 멸치조림과 김 같은 것들. 왜 그는 나처럼 한심한 녀석을 저녁 식사에 초대했을까? 만일 나라면, 만일 요즘이라면, 있을 수 없는 일이다. 몇 번 본 재수생 녀석을 집에 초대해 저녁을 대접하는 일은. 그 저녁 식사 때문인지 모르겠지만 나는 당구장 대신 학원에 다니기 시작했다.

아내와 내가 와인을 마시는 동안 TV에서는 〈한끼줍쇼〉를 했다. 이경규, 강호동 씨가 집집마다 다니며 저녁을 한 끼 달라고 청하는 프로그램이었다. 나는 아내에게 말했다.

"시대착오다."

요즘 같은 시대에 누가 예고 없이 찾아오는 손님을 반갑게 맞이하겠는가? 이제 집은 친척이나 친구도 함부로 갈 수 없는 사적 공간이다. 게다가 카메라를 든 방송이라니. 누가 자신의 살림살이와 밥상을 무방비로 방송에 노출하겠는가? 당황스럽고 불편하고 곤혹스러운 일이다. 찾아온 손님을 박대했다는 부담감만 집주인에게 안기는 프로그램이다. 물론 드물게 문을 열어주는 사람도 있었다. 불청객을 반갑게 맞아주고 기꺼이 자신들의 한 끼 식사를 내어주는 사람도 있었다. 그러나 대부분은 내 말처럼 문을 열어주지 않았다.

아내는 이 프로그램이 환대에 대한 은유라며 김현경 선생의 『사람, 장소, 환대』에 나오는 한 구절을 들었다.

"한 사람이 자기 집 문을 두드리는 모든 사람을 들어오게 하여 먹여주고 재워주는 것은 가능하지 않다. 하지만 한 사회가 그 사회에 '도착한' 모든 낯선 존재들을 - 새로 태어난 아기들과 국경을 넘어온 이주자들을- 조건 없이 환대하는 것은 얼마든지 가능하다. 우리는 모두 낯선 존재로 이 세상에 도착하여, 환대를 통해 이 사회로 들어오지 않았던가?'"

부각을 먹을 때 아내의 얼굴에는 바삭바삭한 고소함이 가득하다. 눈꼬리와 입꼬리가 하나로 이어질 것 같다. 부각의 맛에는 환대의 기억이 담겨 있는 것이다. 자신을 한 사람으로 대접해준 친구 어머니의 환대에 대한 기억이.

환대 나에서 우리로

훌쩍이다

1.

나는 주머니에서 휴지를 꺼내 코를 닦았다. 그것은 이상한 행동이었다. 나는 코가 나오지 않았다. 코가 나올 것처럼 아까부터 계속 훌쩍이는 사람은 내 옆자리에 앉은 사람이었다. 그런데 왜 나는 휴지를 꺼내어 코를 닦았을까?

2.

버스 안이었다. 나는 주머니에서 휴지를 꺼내 코를 닦았다. 그것은 이상한 행동이었다. 왜냐하면 나는 코가 나오지도, 나올 것 같지도 않았기 때문이다. 코가 나올 것처럼 아까부터 계속 훌쩍이는 사람은 내가 아니라 내 옆자리에 앉은 사람이었다. 나는 옆자리에 앉은 남자가 코를 훌쩍이는 게 신경 쓰였다. 물론 코 훌쩍임은 그의 의지와 무관하다. 그는 감기에 걸렸거나 비염이 있는지도 모른다. 그래도 가끔 휴지로 닦을 수는 있지 않을까? 그런 마음의 손이 주머니에서 휴지를 꺼냈을 것이다. 그런데 왜 나는 꺼낸 휴지로 내 코를 닦았을까? 옆 사람 코가 아니라.

3.

나는 주머니에서 휴지를 꺼내 코를 닦았다. 아무도 내게 주의를 기울이지 않았다. 일교차가 심한 환절기 아침, 출근하는 광역버스 좌석에 앉은 승객이 휴지를 꺼내어 가만가만 코를 닦는 모습은 그다지 눈길을 끌만한 행동은 아니다. 그러나 그것은 이상한 행동이었다. 왜냐하면 나는 코가 나오지도, 나올 것 같지도 않았기 때문이다. 금방이라도 코가 나올 것처럼 아까부터 계속 훌쩍이는 사람은 내가 아니라 내 옆자리에 앉은 사람이었다.

나는 옆자리에 앉은 남자가 코를 훌쩍이는 게 신경 쓰인다. 코 훌쩍임은 그의 의지와 무관하다는 걸 나도 안다. 그가 계속 코를 훌쩍이는 게 좋아서, 또는 훌쩍이고 싶어서, 어떠한 일이 있더라도 코를 훌쩍이고야 말겠다는 굳은 신념과 결연한 의지로 훌쩍이는 것은 아니다. 그 정도는 나도 안다. 그는 감기에 걸렸거나 어쩌면 평소 알레르기성 비염이 있는지도 모른다.

그래도 그렇게 계속 훌쩍이지만 말고 가끔은 휴지로 닦는 정도는 얼마든지 그의 의지로 할 수 있지 않을까? 그런 마음의 손이 나도 모르게 주머니에서 휴지를 꺼내 코를 닦는다. 그런데 왜 나는 주머니에서 휴지를 꺼내어 내 코를 닦았을까? 옆 사람 코가 아니라.

나는 알레르기성 비염이 있다. 매운 음식이나 뜨거운 국을 먹을 때면 매번 콧물이 나와 불편하다. 곁에 휴지를 준비하고 자주 코를 닦아야 한다. 지금은 나름 요령도 생기고 무엇보다 사람이 뻔뻔해져 크게 신경 쓰지 않지만 사춘기 때는 꽤 심각한 고민 중 하나였다. 한번 생각해보라. 좋아하는 여자아이와 데이트를 하는데, 식사하는 내내 연신 코를 닦느라 쩔쩔매는 소심하고 내성적인 남자아이를. 촌색시처럼 빨개진 그 아이의 볼과 귀를.

나는 스무 살에 한 여자아이를 만나 비로소 데이트를 했다. 하루는 분식집에서 라면을 먹었다. 물론 나는 좋아하는 여자아이에게 멋지게 보이고 싶었다. 콧물이나 훔치는 그런 남자로는 보이고 싶지 않았다. 그런 내 의지나 소망을 비웃듯이 그날따라 콧물은 비 오듯이 쏟아져 나왔고 나는 휴지로 가만가만 그러나 부지런히 코를 닦기 바빴다. 여자아이가 그 모습을 보더니 휴지를 자신의 코에 대고 힘차게 코를 풀었다. 그것은 마치 아기에게 음식을 떠먹일 때 엄마가 하는 행동 같았다. 그 음식을 먹는 사람이 엄마인 것처럼 입을 크게 벌리고, 오물거리고, 씹고, 삼키는. 그 순간 나는 그 여자아이와 사랑에 빠져버렸다. 물론 그 여자아이는 지금의 아내다.

여러 차례 나는 주머니에서 휴지를 꺼내 코를 닦았지만 옆자리 남자는 계속 훌쩍이기만 할 뿐 끝내 코를 닦지 않았다. 그가 나보다 두 정류소 앞에서 내리고 나 혼자 남았을 때 거짓말처럼 콧물 한 방울이 내 코끝으로 흘러내렸다.

4.

버스 안이었다. 나는 주머니에서 휴지를 꺼내 코를 닦았다. 이상한 행동이었다. 나는 코가 나오지도, 나올 것 같지도 않았기 때문이다. 아까부터 계속 훌쩍이는 사람은 내가 아니라 내 옆자리에 앉은 여자였다. 게다가 그 여자는 분하고 슬픈 일이라도 있었는지 코만 훌쩍이는 게 아니라 눈물까지 흘리고 있었다. 그런데 왜 나는 꺼낸 휴지로 내 코를 닦았을까? 옆 사람의 눈이 아니라.

훌쩍이다 닦아주고 싶다

260

# #
흉내

아침에 세수하고 거울을 보는데 오른쪽 속눈썹에 하얀 실이 하나 붙어 있다. 떼어내려는데 안 된다. 자세히 보니 실이 아니라 속눈썹 하나가 하얗게 세었다. 아무 일도 아니다. 그냥 자연스러운 일이다. 그런데 쓸쓸하다. 귀 옆머리가 셀 때도, 수염이 셀 때도 이렇게 쓸쓸하진 않았는데. 하룻밤 사이에 문득 늙어버린 것 같다. 늙으니까 속눈썹 하나가 센 것이 아니라 속눈썹 하나가 세니까 늙어버린 것 같다.

민기 힘들겠지만 어릴 때 나는 머리숱이 많았다. 숱이 얼마나 무성했던지 머리를 깎으러 가면 이발소 아저씨가 요금을 두 배로 받아야 한다고 농을 할 정도였다. 그 말이 칭찬이란 걸 당시에도 나는 알았다. 왜냐하면 아저씨는 내 머리통을 쓰다듬으며 자신의 숱 없는 머리를 쓸쓸하게 보았으니까. 가끔은 머리를 깎아주다 말고 거울 앞으로 가서는 몇 가닥 남지 않은, 그래서 빗을 것도 없는 자신의 머리카락을 소중하게 정성껏 빗어 넘기곤 했으니까. 그럴 때 아저씨의 표정에는 일종의 엄숙함과 비장함마저 느껴졌으니까.

그때는 몰랐다. 그런 것을 우스개의 소재로 삼으면 안 된다는 것을. 나는 흉내 내는 걸 좋아하고 친구들 웃기는 것을 대단한 재주로 생각해 아저씨 흉내를 냈다. 한번은 그렇게 아저씨 흉내를 내고 있는데 웃던 아이들이 갑자기 조용해져서 보니 그 아저씨가 우리 쪽으로 오고 있었다. 무슨 재미난 이야기를 하나 궁금한 표정을 하고.

중학교 때 한문 선생님은 소변기 앞에 오래 서 계셨다. 내가 화장실에 들어갈 때도 소변기 앞에 서 계셨는데 볼 일을 다 보고 나와 손을 씻으며 '선생님은 대체 언제까지 소변을 보시는 걸까?' 궁금해서 일부러 시간을 보내고 있을 때에도 서 계셨다. 한번은 선생님 옆자리에서 오줌을 눈 적이 있었다. 내 소리는 요란했는데 선생님의 소리는 고요했다. 평소 말수가 적고 차분하신 선생님의 성품처럼.

그때는 몰랐다. 그런 것을 우스개의 소재로 삼으면 안 된다는 것을. 나는 흉내 내는 걸 좋아하고 친구들 웃기는 것을 대단한 재주로 생각해 선생님 흉내를 냈다. 소변기 앞에서 한참을 서 계시며 짓던 선생님의 오묘한 표정들을.

재수할 때 나는 잠이 많았다. 학원에만 가면 잠이 쏟아졌다. 정확하게 말하면 쉬는 시간에는 눈이 말똥말똥하다가 수업이 시작되면 금세 저절로 눈이 감겼다. 그런 내가 국어 시간에는 깨어 있었는데 그건 국어 선생님 입안에 침이 많았기 때문이다. 선생님은 다혈질이었다. 열변을 토하며 국어를 가르쳤다. 얼굴도 붉었고 언제나 화가 나 있는 것처럼 숨소리가 거칠었다. 수업은 정말 격정적이었다. 국어를 가르치는 것인지 국어로 화를 내는 건지 알 수 없을 정도였다. 어찌나 격정적으로 분필로 칠판을 찍어대는지 수업이 끝나면 동강난 분필 토막이 바닥에 즐비했다.

학원에서 내 자리는 항상 앞자리였다. 늦게 가면 앞자리만 비어 있었기 때문이었는데 그 자리에서는 선생님의 침을 고스란히 다 받아내야 했다. 선생님 입에 침이 많아서 이야기하실 때면 꼭 침이 튀어나왔다. 창으로 들어오는 5월의 햇살 때문에 선생님 입에서 튀어나오는 눈부시게 빛나는 침이 다 보였다.

그때는 몰랐다. 그런 것을 우스개의 소재로 삼으면 안 된다는 것을. 나는 흉내 내는 걸 좋아하고 친구들 웃기는 것을 대단한 재주로 생각해 선생님 흉내를 냈다. 수업이 끝나고 쉬는 시간이면 친구들에게 선생님의 열변을 흉내 내곤 했다.

지금 나는 당시의 이발소 아저씨나 선생님들보다 더 나이를 먹었다. 나는 늙지 않을 줄 알았다. 나이 들지 않을 줄 알았다. 그러나 나는 나이를 먹었다. 그것도 너무 과식한 것 같다. 실제 나이보다 더 늙어 보이니까.

그것들은 돌아온다. 내가 흉내 냈던 표정과 몸짓들은 돌아와 모두 내 모습이 되었다. 나는 머리숱은 다 빠지고 화장실에 자주 가고 소변기 앞에서 한참을 서 있어야 한다. 내 뒤에 온 젊은 동료들이 일을 다 보고 나간 뒤에도 벌 서는 심정으로. 나는 입안 가득 침을 머금고 있다. 무슨 주제든 열변을 토할 준비를 하고 말이다.

젊었을 때 앞머리가 자꾸 눈을 가려 입 바람을 위로 부는 버릇이 있었다. 지금도 가끔 입 바람을 불다 문득 자신이 대머리라는 사실을 깨닫고 쓸쓸해진다.

흉내 그것들은 돌아온다

행복어사전

소소한 행복을 살피는 당신을 위한
66개의 일상어 사전

초판 1쇄 인쇄 2017년 11월 8일 초판 1쇄 발행 2017년 11월 15일
지은이 김상득 펴낸이 정상우 편집주간 정상준
편집 이경준, 정지혜 디자인 공미경 일러스트 권송연 관리 김정숙

펴낸곳 오픈하우스 출판등록 2007년 11월 29일(제13-237호)
주소 서울시 마포구 동교로 13길 34(04003) 전화번호 02-333-3705
팩스 02-333-3745 openhousebooks.com facebook.com/openhouse.kr
ISBN 979-11-88285-18-1 03800

이 도서의 국립중앙도서관 출판예정도서목록(CIP)은
서지정보유통지원시스템 홈페이지(http://seoji.nl.go.kr)와
국가자료공동목록시스템(http://www.nl.go.kr/kolisnet)에서
이용하실 수 있습니다.(CIP제어번호: CIP2017029009)